君たちは絶滅危惧種なのか？

Are You Endangered Species?

森 博嗣

講談社
タイガ

[カバー写真]
Jeanloup Sieff

[カバーデザイン]
鈴木成一デザイン室

目次

プロローグ——9
第１章　なにかが生きている
Something is alive——32
第２章　死ぬまでは生きている
Alive until death——96
第３章　長く死ぬものはない
Nothing dies long——156
第４章　長く生きるものもない
Nothing lives long——221
エピローグ——294

Are You Endangered Species?

by

MORI Hiroshi

2021

プロローグ

「なんでもないよ」窓の外の明るさに目を細めていた自分に気づいて、僕はそう答えた。

それから、ゆっくりと振り返り、戸口に立っている彼女を見た。

ロジは、少し首を傾《かし》げてから、こうきいた。「何が？」

「えっと……、何だったか……、ほら」僕は微笑《ほほえ》む。「君が、なにか尋《たず》ねたんじゃなかったっけ？」

「ええ、でも……、三分以上まえのことですよ。何を考えているのって、ききました」

「そうか、じゃあ、なんでもないという返答は、少々不適切かもしれない」

「明らかに不適切です」

「いや、昨日のニュースのことだよ」僕は答える。「なんとなく引っかかって」

「あぁ、自然公園で起こった殺人未遂事件ですね？　いったい、何が引っかかったんですか？」

大した情報があったわけではない。ただ、湖岸で男性が何者かに襲われ、大怪我《おおけが》をした。被害者は、誰に襲われたのかを証言できる状態ではない、とのことだった。警察が調査中との報道である。

「珍しい事件じゃないかな」僕は言った。

「珍しいですね」彼女は頷《うなず》いた。「珍しいからニュースになるのでは？」

「うん、まあ、そうだけれど……」僕はそこで五秒間くらい考えて、頭の出口付近に押し寄せ、閉塞《へいそく》気味になっている言葉たちを整理した。「事件は一昨日だと言っていた。つまり、その……、事件発生から二十四時間以上経過しているのに、まだ調査中っていうのが、珍しいよね」

「公園だったら、監視カメラがあったはず、犯人はすぐ判明するはずだ、ということですね？」

「カメラは、暴力行為が認められれば、すぐに連絡したはずだし、その後も、加害者を自動追尾《ついび》したはずで、事件の原因となった人物は、普通はすぐに拘束される。そういったシステムを掻《か》い潜《くぐ》るような特殊な技術なり、知性なりを持った加害者だった、ということになるね。いや、あるいは……」

「既に犯人は確保されているけれど、なんらかの理由で逮捕ができない」ロジが淀《よど》みなく話した。「病気だったとか、そもそも、人ではなかったとか」

「人ではなかった」僕は頷いた。「人でなかったら、何？」

「ロボット?」ロジが答える。「ロボットの場合、その所有者か、責任者を探します。だから、調査中なのでは?」

「そんなところかなぁ」僕は小さく複数回頷いた。首にスプリングが入っているように見せたわけではない。「ただ、ロボットだったとしたら、やり損《そこ》なうかな?」

「やり損なったんですか?」

「だって、被害者は生きているわけで……、そこが、まあ、ちょっと不思議な気がする」

「それなりの防御をした。あるいは、援護があったかと」

「一人だった。目撃者もいない、と言っていたようだけれど」

「もし、ご興味があるのでしたら、調べましょうか?」ロジは女優のように微笑んだ。最近の女優は、ほとんど人間以外だが、人間味が欠けているという意味ではない。

「いや、そんな必要はない」僕も精一杯、微笑み返す。「さあ、仕事をしよう」

「カメラか、それとも人工知能が故障中だった、というのは?」ロジがつけ加えた。

「自然公園の名前で、ちらりと調べてみたんだけれど、自然公園は立入り禁止。そうじゃなくて、現場は動物園の近くみたいだった」

「それで、クレームを送ったのですか?」

「いや……。クレームだなんて」僕は両手を広げた。「でも、わざと間違えたみたいな感じだよね」

「どんな理由で？」

「ニュースを知った人たちに、現場が動物園だと思わせないために」

「動物園だと思われたら、どんな問題があるというのですか？」

「あの動物園では、えっとね、一カ月くらいまえかな、ほら、スタッフが殺されている」

「あ……、そういえば……、ありましたね。え、本当に、そこと同じ場所なのですか？」

そちらのニュースも、かなり抽象的な内容だった。スタッフが殺された、と伝えられたが、どのように殺されたとか、何をしていて殺されたとか、また、犯人がどうなったのか、といった詳細は報じられず、その後の続報もない。

「たぶん、同じだと思う」僕は答えた。その点については、マップで当地を調べるくらいのことはした。したがって、「思う」という表現は適切ではない。僕が思うこととは無関係だ。ただ、マップが正確かどうかの曖昧《あいまい》さを込めた表現にすぎない。「その区域が国定自然公園と指定されてもいる。立入り禁止の区域は自然公園。また、動物園の中にも、小さな公園があるようだから、そこが現場だったかもしれない」

「結局、どうなんですか？」ロジは、少し苛立《いらだ》っているようだ。

「だから、集合論的には、報道はおそらく間違っていないし、的確なのかもしれない。でも、動物園の方が一般に知られているはずだ。わざわざ違う名称を使ったのは、なにか意図があってのことじゃないかな」

「いいえ、集合論を持ち出すなら、その国定自然公園内であり、しかも動物園内ではない、ということなのでは？　動物園の中にある小さな公園だとしたら、公園でも動物園でも、間違いとはいえませんし」

「そう、実は、公園のほか、植物園も含まれている。それらをひっくるめて動物園が総称として使われているらしい」

「それも調べたのですか？」

「まあね」僕は微笑んだ。

「暇なんですか？」ロジは顔を歪《ゆが》めた。

「いずれにしても、最近、そこでは殺人事件と傷害事件が発生しているわけだ」

彼女は、目を回しながら、無言でこくんと頷いた。しかたがないな、といった文字が頬《ほお》に浮かび上がりそうだった。

「それで、えっと、君は何が話したかったの？」

「ええ、あまり、その、話したいと、強く思っているわけでもないのですが……」

「でも、三分間も、僕の様子を窺《うかが》っていた。話そうか、話すまいか、と躊躇《ためら》っていたんだね？」

「いいえ」ロジは首をふる。「迷ってはいません。躊躇《ちゅうちょ》もしていません。ただ……」

「タイミングを見計らっていた？」

「そうです。そのとおりです」頷いたあと、一瞬口を斜めに結び、次には鼻から息を漏らしたようだった。「お話ししてもよろしいでしょうか？　グアトのタイミングなんて、誰にも読めませんよ。耳に蓋《ふた》がありますよね？」

「ないない」

「開いたり閉まったりするようですが、外からは見えません。インジケータを取り付けたいくらい」

「うん、そういうのが冗談に聞こえないのが、最近のテクノロジィだよ」

「良いですか？　今、開いていますか？」

「実は、いつでも開いている」僕は微笑んだ。

「グアトには、面白くない話題かもしれません」

「予防線は良いから……」片手を広げる。「何？　情報局から、仕事の依頼が来た？」

「ずばり」ロジは大きく頷いた。「どうして、わかったんですか？」

「そんなところだろう。あぁあ……。まあ、私のことは良いから、君の好きなようにすれば良いと思う」

「いえ、私への指令ではありません。グアトへの依頼です。どうします？」

「どうしますって、内容によるよ……。あ、内容を聞いたら、もう断れないとか？」

「いえ、そこまでシビアではありません。私の場合は常にシビアですけれど」

「私の場合は、多少ルーズなんだ」

「はい」ロジはここぞとばかりに頷いた。「例によって、ドイツ情報局からの依頼のようです。グアトに、その、ウォーカロンかどうかの判定に関して助言をお願いしたい、とのことです」

「対象は？」

「それは、さすがに、聞いていません。おそらく、極秘だと思います。承諾すると返答すれば、教えてくれるのでしょうけれど」

「いや、最後まで教えてくれないかもしれない。その人物に会って、単にどちらなんだ、と意見を求められるわけだね」僕は、そこで溜息《ためいき》をついた。あまり良い溜息ではない。

「しかも、その人物に気づかれずに判断しないといけないとか……。きっと、どこかで普通に活動している人物なんだ。うーん、ギャングか、あるいは、有名な政治家とかかな」

「そうですね。そんなところだと私も思います。相手が、ごく普通の一般市民だったら、情報局が日本に専門家を依頼するようなことはありえません」

「当然、私が作った判別器を使っているはずだし、あるいは、既にそれを使って調べたのかもしれない」

「それは、どうでしょうか……」

窓の外に視線を向けた。ホワイトアウトするほど、眩《まぶ》しい。雲のない天気というのは、最近は世界的に珍しいのだが、ときどき地面を紫外線で消毒するつもりなのか、というほど激しい晴天がある。こういう日に外を歩くには、人類は敏感になりすぎた。自然に対して、みんなが引《ひ》き籠《こ》もっている社会なのだ。

ロジへ視線を戻すと、もう戸口に彼女はいなかった。話はあれで終わったようだ。細かい予備的情報によって、いわば根回しをするように布石を打っておく。のちのちのショックを和らげる効果があるからだ。

というのも、小出しにされるヒントを、僕はとことん考えてしまう質《たち》だし、しかも悲観的に受け止める人間だからだ。その対策を自分なりに講じておく。そうすることで、ショックがやってきたときに、呑気《のんき》な顔で「へえ、そう」と微笑むことが可能となる。

ロジは、この僕のシステムを既に完全に理解しているし、利用もしている。そのことに気づいたのは最近だけれど、僕のシステムは簡単にはバージョンアップできない。特別に悪い状況でもないから、というのが自己改革に消極的な理由である。

数時間後に、ヴァーチャルに呼び出されて、オーロラと会うことになるだろう。そこで依頼の内容が知らされるはず、と想像した。いつも美しい場所へ呼び出されるので、密《ひそ》かに楽しみにしている。地球の美が僕という人間を和ませるアイテムだ、と日本の情報局が思い込んでいる節がある。もちろん、薄汚いところ、見るのも憚《はばか》られる背徳の環境よりは、幾分良い。でも、正直にいって、僕は風景ごときに影響を受けるような気分屋ではない。

この僕の予想は、当たらなかった。

その日のうちに、オーロラと会うような事態にはならなかったし、次の日になっても、呼出しも、メッセージも、なにもなかった。ロジは自分のクルマの整備をしたあと、買いものに出かけた。一緒に行こうか、と声をかけたけれど、いえ、一人で行きます、とのことだった。

誘われなかったのは、彼女が不機嫌だというわけでもない。基本的にはクールな人格だし、それに、出かけるとき誘われない方がむしろ多い。ロジは一人で出かけるときには、玄関の鍵《かぎ》をかけていく。僕が留守番しているにもかかわらず、である。僕よりも鍵のメカニズムを信頼しているのだ。

仕事室で、ニスを塗る作業をして、それを乾燥させるために窓を開けた。すると、向かいの家からイエオリが出てくるところが見えた。彼もこちらに気づいたようだ。

「散歩ですか?」イエオリが近づいてきたので、僕は尋ねた。

「そうです。よろしかったら、一緒にいかがです?」イエオリが誘った。

ほんのときどきだが、二人で話しながら歩くことがある。頻度としては一月に二、三回である。僕という人間にしてみれば、極めて珍しい。他者とのつき合いで、ここまで頻繁《ひんぱん》なケースは過去にもあまり例がない。こうなったのは、最近のことだ。どちらかが積極的というわけでもなかった。どちらも、ときどき散歩をしていたのだが、そのタイミングのダイヤルを、ほんの少しだけ回してチューンした、といった具合である。

イエオリは、ノンフィクション作家だ。世間で起きていることについて、広く、そして比較的正しく、さまざまな情報を持っている。少なくとも報道されているよりは信頼ができる、と僕は評価している。

ロジがいないので、いちおう玄関を施錠し直して外に出た。今日もまあまあの晴天だった。まだ午前中なのに気温はどんどん上昇している。暖かい日差しを浴びながら歩くことになりそうだが、道を上っていくうちに風が感じられるようになった。草原まで行けば、もっと爽《さわ》やかな風が吹いていることだろう。

イエオリは、基本的に無口な男だ。この点では、僕も同じくらい無口だ、と自覚しているのだが、周囲では誰も、僕が無口だとは認識していないみたいで、それに気づかされて何度か驚いたものである。話さなければならない、というプレッシャに苛《さいな》まれて、無理に言葉を絞り出しているだけなのだが。

天気の話と、季節の話を軽く交《か》わした程度で、ほぼ黙って草原まで歩いた。なにか話題はないものか、と考えた結果、動物園のニュースをそれとなく話題に上げてみよう、と思いついた。まず、一昨日報道されていた傷害事件について話すと、案の定、彼はすぐに動物園の名称を口にした。

「行かれたことがあるのですか?」僕はきいた。

「数年まえにね」イェオリが答える。

「動物園というのは、その……、どうなんですか？」

「何が？」

「うーん、この国では、人気がある場所ですか？」

「さあ、それは、動物園にもよると思うけれど。行ったことは？」

「ええ、ありますよ。でも、博物館とあまり変わりがありませんよね。ヴァーチャルの野生動物園に押されているのでは？」

「博物館は、生物学的な研究を行っています。動物園は、いちおう保存をメインに、動物を飼育している。一般に見せるという意味では、どちらも消極的でしょう、同じくらい」

「もう、その、ずっと生きたまま、自然に残っている動物なんて、そんなに多くはありませんからね」

「そういうことです」イェオリは頷いた。「かつては、人間社会の中で、多くの動物が共存していた。たとえば、鳥が一番数としては多かったんじゃないですか？　畜産業で飼われていた動物たちは、ほぼ、人工細胞の養殖によって淘汰《とうた》されたでしょう。また、ペットとして個人が飼っていた犬や猫なども、感染病の流行で激減し、さらにロボットに取って代わられる結果となった。人間の数が減少するよりも、人間の周囲の動物の減少の方がずっと早かったわけです」

「私が子供の頃には、それでもちらほらと、それらを見かけることがありましたね」僕は話す。「そのうちに、そういった動物たちを、本当に生きた動物なのか、という目で見るようになって……、まあ、多くの人たちが、同じ目で動物たちに接するようになってしまい、そのうちに、人間の身近な動物たちは消えていったようです。今では、研究目的のものしか存在しないのではないか、と想像しています」

法律でどのような位置づけになっているのかも、僕は詳しく知らない。動物を手に入れることは、限りなく難しくなっているだろう。それは、高価であるとともに、許可や申請が厳しくなっているからだ。

「種が滅ぶということに、センチメンタルな感情を抱くようになったのは、主に、二十世紀のことです」イェオリは歩きながら話した。「当時は、冒険の時代だった。地球上に何があって、それらを知るとともに、すべてを手に入れたい、という欲望に駆られていた。そんななかから、それらを保護しようという気運が、学者の間で高まった。多くの動物たちが、人間による環境汚染や、人間の乱獲によって滅んでいく途上だと気づいたからでした」

「絶滅したのは、人間のせいだったのですか?」僕は尋ねた。

「わかりません。いえ、誰も、そんなことはわからない。断定できないでしょう」イェオリはそこで少し微笑んだ。「人間が減っているのだって、人間のせいなのか、どうなのか……」

「人間というよりは、社会のせい、経済のせい、政治のせいでしょうか？」

「それも、人間ですよ」イェオリは首を傾げた。「言葉は不適切かもしれませんが、そんな人間の行いも含めて、すべてが自然のせいではないでしょうか。それとも、こう言った方が良いかもしれない。これが運命だと」

「自然に生まれたものですから、自然に滅ぶというわけですね」

「人間が関与したとしても、運命の時間を、ほんの少し早めたり、遅らせたりするだけのことでしょう」

「たとえば、細胞を保存しておいて、いつでもクローンが作れる状態であったとしても、自然界にその個体が存在しない場合には、絶滅したといえるのでしょうか？」

「そうです」イェオリは頷いた。「少なくとも、この国で絶滅という言葉は、そういう意味ですよ」

「すると、再現が可能か不可能かで、生存を定義しているわけではないのですね」僕は疑問を持った。「たとえば、克明《こくめい》な記録に残っていても、細胞が保存されていない人は、再現ができませんから、生存していない。一方で、細胞が保存されていても、作れるのはクローンですから、まったく同じ人間とはいえない。人格が形成される環境が異なっていれば、違う人間になります。それらの履歴データを克明に保存すれば、話は別ですが、まあ、それが可能になったのは、まだつい最近のことですね」

「履歴データだけでは、完全な復元ではない、と私は認識しています」イェオリは言った。

「その意見は、多数派だと思います」僕は微笑んだ。

「どちらにしても、レッテルの問題ですよ。動物園に展示するときの説明書きをどうするか、というくらいの」

レッテルの問題だ、というのは、分類学上の差を、単なる再現性の意義として論じるべきか否か、という意見だろうか。それとも、文字どおり、言葉だけの問題であり、大義は薄い、と言いたかったのかもしれない。後者であれば、僕も、まあまあ同感できる。

二人で、黙って草原で風景を眺《なが》めた。三分間ほどだった。僕は空を見ていた。どこかにロボットの鳥が飛んでいないか、と疑った。こんなふうに疑い深くなったのは、やはり情報局と関《かか》わりを持って以来のことだ。

家に戻る道では、お互いの仕事の話を少しだけした。彼は、最近はもうほとんど引退の身だ、と語った。それは僕も同じだ。楽器職人として認識されてはいるけれど、どう見たって趣味の域を出ていないことは明白である。しかし、最近の人間の多くは、だいたいこんな具合であって、あくせく働いている者は、どちらかというと少数派だろう。たとえば、ついこのまえまでのロジのように。その彼女も、今ではほとんど引退のはずである。

家の前でイェオリと別れた。ロジのクルマが戻っていて、玄関のドアは鍵がかかっていなかった。振り返ると、向かいの家のドアがイェオリを迎え入れるように開き、ビーヤが顔を出して、こちらを見ていた。僕は彼女にも軽く頭を下げた。ビーヤが、僕とロジが住んでいる家の持ち主である。

家の中に入ると、奥のキッチンから話し声が聞こえた。ロジが戸口に現れる。

「セリンが来ました」彼女が言った。「実は、連絡があって、迎えにいっていました」

「あ、そう」僕は頷く。それでは一緒に行けないわけだ。彼女のクルマは二人しか乗れないのだから。

キッチンへ入っていくと、テーブルの向こうでセリンが立ち上がった。まえに見たときよりも、髪が短く、ますます少年のようだった。僕の顔を見て、微笑みながらお辞儀をした。

「なにか、用事が?」僕はきいた。

「コーヒーが良いですか?」ロジが僕に尋ねたので、そちらを見て頷く。

テーブルの椅子《いす》を引いて腰掛け、セリンの目を見た。彼女の目は、オレンジ色というのか、ちょっと変わっている。ときには真っ赤に見えることもある。人工的な機能を持っている目だからだ。きっと、昨日のロジの伏線が、これだったのだろう。

「メッセージを伝えにきました」セリンは事務的な口調で言った。

「わざわざ?」僕はきいた。

「はい」彼女は小さく頷く。「機密保持の観点からの判断かと」

「へえ……」少し驚いた。僕はロジの顔を見る。「ヴァーチャルで話をすることが、安全ではない、ということだね?」

ロジはコーヒーを淹《い》れていたが、ちらりとこちらへ視線を向けた。この家には、日本の情報局とやり取りをする設備がある。一般家庭の通信システムとは比べものにならないほど信頼性の高いもののはずだ。ロジは、それに自信を持っている。

「その可能性があると判断された、ということかと」ロジは、そう言って肩を竦《すく》めた。

「おそらく、先日のことがあったからでしょう」

彼女が言っているのは、通信機能を有したアイテムがこの家に紛《まぎ》れ込《こ》んだため、家の中の通信情報が漏れた事件のことである。そのアイテムは、もちろん既に取り除かれた。その後は、そういった漏洩《ろうえい》は確認されていないはずだ。少なくとも、最新のトランスファを使って長期間調査を行った結果は、ナッシングだった。ただし、こういったものは、水が漏れ出るように常に流出するわけではない。漏れを任意に止めることが可能だ。鳴りを潜めていれば、発覚しない。したがって、安全性を百パーセント保証することは事実上不可能といえる。

セリンが、僕にメッセージを伝えた。書類もデータもない。彼女が彼女の言葉で語った。

「ドイツ情報局から、先生のウォーカロン判別技術を提供してほしい、と打診されています」セリンが言った。先生というのは、僕の古い肩書きである。

それは、事前にロジから聞いているとおりだ。セリンが持ってきたメッセージの本質は、これらの言葉にはなく、僕がやる気になったら話せる内容なのか、それとも、その内容さえ、日本の情報局には伝わっていないのか、いずれかだろう、ということである。

「表向きは、あくまでも学術的な……、えっと、なんというのか」セリンが、言《い》い淀《よど》む。

「テーマ？　プロブレム？　フィールド？　シークエンス？」僕はきいた。

「はい、そんなところです。すみません」セリンは、歯を見せて大袈裟《おおげさ》に苦笑した。

「それ以上の情報は？」僕は促《うなが》す。

「もし、お受けいただけるのでしたら、明日、私と一緒に出向く場所が指定されています」

「どこなの？」ロジがきいた。

セリンはロジの顔を見たが、口を結んで下を向いた。言えない、ということのようだ。

「わかった。受けることにする」僕は返事をした。

「駄目です」ロジが声を上げる。僕に近づいてくる。ぶつかりそうな勢いだった。「強制力は認められません。任意です。自由意志が尊重されます。私は反対です。そもそも、そんな秘密主義って、おかしいじゃありませんか。まっとうな話ではないにきまっています」

「日本の君の上司は、どんな雰囲気だった?」僕はセリンにきいてみた。

「えっと、そうですね……」セリンは目を見開いた。そんなことを質問されるとは思ってもいなかったのだろう。「だいたい、ロジさんと同じでした」

「何、それ」ロジが低い声で言った。

「すみません」セリンがロジに頭を下げる。「でも、グアトさんは、きっと依頼を受けるだろうって話していました」

「誰なの? 貴女《あなた》の上司って」ロジが詰め寄った。

「申し訳ありません、それは、内部情報になります」

ロジは舌打ちした。それから振り返って僕を睨《にら》みつける。

「いつだって、下《お》りられるんです。引き受けても、途中で嫌になったら、やめられる。それを最初に確約させるべきです。だって、それが普通じゃありませんか?」

「まあまあ、冷静に」僕は両手を広げた。こんな態度を取ると、ロジはますます頭に血が上るタイプだ。それを知りつつ、あえて言った。「それで、メッセージの追加情報は? 明日、どこへ行くのかな?」

「はい、この近くで、クルマで数十分のところにある警察署です。そのあとは、警察の案内で、リゾート地へ向かいます」セリンが答える。彼女が話している間も、ロジは僕から目を離さない。怒っているのは明らかだが、セリンの手前、自制しているのだろう。

セリンが、両手をテーブルの上に出し、ホログラムを投映させた。芝生のように短い草が一面に広がり、その向こうには池か湖、さらに奥には森林が見えた。

「この湖を中心に国定自然保護区域になっています。一般の人が入ることができる公園や公共施設もあります」

「動物園もあるよね?」僕は尋ねた。

「はい、自然生態系の研究所があって、そこに付属する動物園です」セリンが答える。

僕は、ロジの顔を見た。自分の顔が微笑んでいるのが自覚される。

「だから、何だというのでしょうか?」ロジがわざとらしい口調できいた。

「いや、なんでもない。なんか、ちょっと勘が働いたかもね」

「もしかして、デボラですか?」ロジが、顔色を変えてきいた。

「違うよ。本当に、私の勘。自然現象」

デボラというのは、日本にいたときに交流のあったトランスファの名だ。トランスファは、ネット環境に生息する分散型の人工知能の総称だが、その存在が初めて確認されたのが、当のデボラだった。当初は、ウォーカロンをコントロールして、日本の情報局の施設内へ侵入しようとした。このときにデボラがコントロールしたフィギュアだったのが、セリンである。彼女は、日本の情報局員として正式に採用された初めてのウォーカロンだ。

さて、では、ウォーカロンとは何なのか。

簡単にいってしまえば、人工的に生まれた人間である。肉体的には、人間とほとんど違いがないので、見分けはつきにくい。しかし、その生産過程で生じる特異性があって、それを見極めるための判別器が開発された。実は、それを作ったのは僕である。もちろん、機械を作ったわけではない。センサの情報を解析するプログラム、すなわちソフトを開発したのだ。

したがって、人間かウォーカロンかを見分ける技術において、僕は世界的な研究者だった。第一人者であった、といっても過言ではない。けれども、判別器が量産され、既に社会に広く普及している今となっては、もう僕の出る幕ではない。そういった経緯で、潔くその分野から身を引いて、今は悠々自適な隠遁《いんとん》生活を送っている、というのが、現在の僕である。

ロジは、そういった経緯をすべて知っている。このウォーカロン関係のことで、過去には何度も危険な目に遭ってきた。多くの場面で、ロジは僕を守ってくれた。もう関わるな、と言いたい彼女の気持ちはよく理解できる。僕としても、もちろん危険なことには近づきたくない。それは彼女と同じだ。

ただしかし、この世の中、なにもしないで閉じ籠もっていても、危険性はそれほど違わない。極端な話、ヴァーチャルの世界に身を投じても、危険性は小さくはならない、と僕は考えている。

　この点については、危険の定義の問題になるだろう。フィズィカルな危機、すなわち肉体の損傷や消滅の可能性であれば、おそらくは、ロジが考えている危険は、それに近いものだ。世間一般の認識も、まだそのあたりに留まっているだろう。

　しかし、今や肉体は再生できる。致命的な傷を負っても、さらに肉体が完全に消滅しても、もう一度、ボディを作り直すことは技術的に可能だ。頭脳や意識として認識されている、いわゆるスピリッツも、データ化できる。だからこそ、ヴァーチャルへ人格をシフトさせることが現実となり、今後の人類の大移動がじわじわと始まろうとしている。そして、この場合、個人を消滅させることは、この思考の中核となる構造を消すことであり、つまりはデータの消去に等しい。それは、もはやフィズィカルの問題では全然ない。ヴァーチャルであっても同じなのだ。

　こうなると、完全な防御をするには、あらゆる通信をシャットアウトし、個人の活動を完全な殻の内部で行う以外にない。ちなみにこの場合、その個人は外部からは死んだ者と見なされるだろう。

　事実上、このような個人的な殻を創造し維持することは不可能だ。個人の経済力では困難であり、エネルギィ供給や、施設の防衛に多大な労力が必要となる。したがって、完全な安全は作り出せない、というのが結論だ。それはそうだろう。惑星上に存在するものはすべて、その惑星が破壊されれば消滅する。レトロな表現を用いるなら、すべての個人は社会という運命共同体の要員なのだ。

セリンは、僕の承諾を確認すると、ドイツの情報局と警察に会ってくる、と言って家を出ていった。何をしにいくのか、ロジが問い質《と》《ただ》したが、セリンは答えなかった。ただ、申し訳なさそうな表情を少しだけ見せ、軽く頭を下げただけだった。

二人だけになって、十五秒ほど沈黙があった。壁に肩でもたれかかっているロジは、腕組みをしていたが、それを解いてから溜息をついた。

「もう君の部下ではない、ということだね」僕は言った。

「そんなことはわかっています」ロジは冷静な口調だった。「グアトの返事を確かめにきたとか、メッセージを持ってきたとか、そんな理由で来たのではありません」

それは、たしかにそのとおりだろう、と僕も考えていた。セリンは、かつてのロジがそうであったように、戦闘員と呼べる能力を持っている。そういった働きをするために派遣されてきたのである。

一時間後に、日本からデータが送られてきた。ロジが受信し、展開して僕に見せてくれた。キームゼー国定自然公園ならびに、国立ヘレン・インゼル研究所についてだった。僕たちは明日、そこへ行くことになっていて、既に先方には連絡をした、とのことだった。

いろいろなことが、素早く展開しているようだ。

ヘレン・インゼルとは、湖に浮かぶ島の名である。この湖一帯が、自然保護区域になっていて、研究所や動物園もそのエリアにある。また、リゾート地としても有名で、保養施設や個人の別荘が多いらしい。

「どうやって行くのかな」僕はきいた。

「警察までは、コミュータです」転送されてきたサブセット・コンピュータが答える。

「三人乗りですか?」その質問をしたのはロジだった。「当然、私も行くことになっていますよね?」

「はい、ロジさん」

彼女は、それを聞いて、息を漏らした。

「セリンだけでは、心配?」僕はきく。

「グアトだけでは、心配」ロジはゆっくりと発声した。

第1章　なにかが生きている　Something is alive

今晩は天地創造。それを科学的な解釈で概観する。語り口はつねに明瞭《めいりょう》、ときに映像的である。まずは天でガスの炎を吐《は》く巨大な火の玉。それが冷えて固化し、皺《しわ》がよって山脈になり、蒸気が水になる。そうやってゆっくりと形成された舞台で、いよいよ不可思議な生命のドラマがはじまる。慎重な講演者は生命の起源について明言を避ける。微生物が初期の灼熱《しゃくねつ》地獄を生き延びられないことは明白であり、断言できる。生命はそのあとにあらわれる。

1

家の前までコミュータが来た。向かいのビーヤには、ロジの妹が訪ねてきたので、観光地へ出かけてくる、と告げた。これは、真実にかなり近い。要約すれば、ほとんど事実だろう。

四十分ほど走ったところで降りた。いつの間にか都会だった。役所と警察が同居するビルの中に入り、エレベータで最上階へ。その後、三つのドアで簡単なチェックを受けたのち、屋上に出た。

ジェット機ではなく、ダクトファン機が待っていた。ロジの顔を見ると、少し残念そうだった。彼女はジェット機か、あるいはジェットエンジンのファンなのだ。以前に理由を尋ねたところ、回転数が十倍以上違います、との簡潔な返答を得た。限界までスピンするものが好きらしい。

ダクトファン機の前にスーツの男性が立っていた。こちらに片手を差し出し、僕が一番に握手を求められた。ツァイラという名の刑事だった。見た目は、四十代くらいの穏《おだ》やかそうな紳士である。彼が、警察の建物を経由した理由のようだ。

六人乗りの機体で、シートに四人が向かい合って座り、ベルトを締めた。ツァイラが指示をすると、モータ音が唸《うな》り、数秒で離陸した。キャビンは透明の樹脂製で、周囲が見渡せる。上も下もかなり視界は広い。ダクトは四基で、キャビンから五メートルほど離れたところにあり、そこへ伸びるアームは細いパイプ組みの構造だった。バッテリィは床下に搭載《とうさい》されているのだろうか。

ツァイラは、自然公園内で発生した二つの事件、あるいは事故かもしれないが、それについて説明した。どうして、今その話が必要なのか、といった説明はなかった。目的地に関連した話題なのだから、当然だという雰囲気でもあった。

まず、一カ月ほどまえに、動物園のスタッフが死亡した。殺人事件として捜査をしているという。夜間だったため、発見されたときには死亡後十時間以上経過していた。また、遺体の損傷が激しかったため、蘇生《そせい》が成功しなかったらしい。被害者は、動物の警備をしていた。彼の死と同時に、研究用に飼育されていた動物が一頭、行方不明になっているという。檻《おり》の戸が開けられていたのだ。しかも、その動物の担当だったスタッフも一人が行方不明になっている。

ただ、殺人については、犯人の見当はついている、とツァイラは語った。

「監視カメラがあったのですね?」僕は尋ねた。

「ええ、そんなところです」刑事は、僅《わず》かに口許《くちもと》を緩《ゆる》めて頷いた。

もう一つの事件は、三日まえのもので、一昨日報道されたもののようだ。こちらは、動物園内ではない。明け方、湖畔で釣りをしていた男性が心肺停止の状態で発見された。推定では、被害の約十二時間後に発見された。遺体の損傷が著《いちじる》しく、蘇生はしたものの意識は戻っていない。被害者は、五キロほど離れた別荘にいた男性と確認された。彼のクルマがすぐ近くで発見され、身元がわかった。このクルマに装備されていたカメラの映像が残っているが、距離が離れていて、不鮮明だった。ただ、悲鳴のような声と、水飛沫《みずしぶき》が上がるシーンが捉《とら》えられていたという。

「遺体の損傷が激しいというのは、どの程度のものなんですか?」僕は尋ねた。

「詳しくは説明できませんが、簡単にいえば、ばらばらになっていた、それらを集めても、半分ほどが不足していた、といった状況のようです」

「半分とは、酷《ひど》いですね」僕は言った。

「一人の人間の犯行とは考えられない、というような?」ロジが尋ねた。

「そうですね。普通では、不可能でしょうし、また、そこまでする理由がありません」

ツァイラはそう答えたが、それはどうだろうか、と僕は思った。理由というのは人それぞれだ。個人がどんな願望を持っているか、どんな動機で行動するのかなんて、平均的な範囲を示しても意味がない。

「ところで、その事件のお話は、私たちとどんな関係があるのですか?」ロジが本質的な質問をした。「いいえ、私たちというよりも、グアトのことです。グアトが呼び出された理由は、事件に関するものなのですか？」

「このことは報道されていませんが、実は……」ツァイラは、眉《まゆ》を寄せて厳しい表情になった。「一人めの被害者は、単なる警備員ではなく、私の部下でした。警官だった、ということです」

「警官が、何故《なぜ》、動物園の警備をしていたのですか？」僕は尋ねた。

「警備という名目ですが、捜査をしていました。以前から、不審な点があったためです」

これまでは、動物園と地元の警察が協力して、事件の捜査を行っていたが、二つめの事件で警察本部や情報局が乗り出すことになった。これから向かう研究所でも、捜査チームが組織されたという。その関係で、日本の科学者に助言を求めることになった、とツァイラは語った。僕が科学者だと、彼は知っているということになる。

二時間ほどのフライトだった。湖が見えてきたので、目的地が近いことがわかった。

この湖の大きさは、長いところでは三十キロほどで、周辺はかつて一大観光地として栄えた。しかし、観光というビジネスが完全に斜陽となり、自然保護の観点から、広い範囲が国定自然公園に指定され、立入りができない区域が多くなった。そのため現在では、ここを訪れる観光客は非常に少ないらしい。

ダクトファン機は、平たい地形の島に近づく。そこが国立研究所とのこと。しかし、見えてきた建築物は石造で、まるで映画か舞台のセットのようにクラシカルなものだった。

どう見ても、古城か宮殿のように見える。歴史的な建造物に似せて作られたものだろうか、と思ったが、ツァイラによれば、本物だという。

「フランスの有名な宮殿を真似《まね》て作られたものだそうです」今まで黙っていたセリンが教えてくれた。予習してきたデータのようだ。

「もしかして、ベルサイユ宮殿?」僕はきいた。

「はい」セリンは頷いた。「ですから、そちらよりは二世紀ほど新しいものです。歴史的な建物ですので、そのまま保存しつつ、三十年ほどまえに、地下に研究施設が作られました」

「比較的最近、ということだね」僕は言った。セリンにとっては最近とはいえないかもしれないが、僕にとっては、つい最近だ。

「私は、地下の施設のことは知りませんでした」ツァイラが苦笑した。「地元の者でも、ここに研究施設があるなんて知らないと思います。私も、こちらは今日初めてです」

その宮殿の正面の広場に着陸した。降りてみると、周囲の湖は樹木などに遮《さえぎ》られ、まったく見えなかった。人工的に整備された公園のような場所である。迎えの人間は一人もいない。広い舗装された道路が大きなロータリィのように取り囲んでいたが、クルマは一台も見当たらない。地下への入口が少し離れたところにあった。ツァイラはそちらへ僕たちを導いた。

入口の透明のドアが静かに両側へスライドし、中に入るとエスカレータが二基並んでいた。その片方に乗り、緩やかな傾斜で下っていく。宮殿へ近づく方向である。四十メートルほどを一分以上かけて下りていった。

再び透明のドアがあったが、その中は明るいホールのような場所で、二人の人物が僕たちを待っていた。同じオレンジ色のブレザを着ているので、それが研究所のユニフォームなのだろう。

長身の男性が、まず挨拶《あいさつ》をした。顔の輪郭《りんかく》を髭《ひげ》が囲んでいる。シュタルクと名乗った。研究所長だという。また、もう一人は小柄《こがら》な女性で、グリーンメタリックの髪が特徴的だった。名はキンケルという。主任研究員とのこと。着ているブレザが大きすぎるように見えた。

こちらは、ツァイラのあと僕が名乗り、ロジはパートナ、セリンはアシスタントだと紹介した。受付のカウンタにはロボットがいるだけで、所長が指示すると奥のドアが開いた。六人で、その中へ入り、通路を進んだ。

通路の両側は透明の壁とドアが続く。個人のオフィスか会議室のようである。幾つか通り過ぎたところに、壁もドアも白く曇って不透明なところがあった。所長がドアを開け、全員を招き入れた。

テーブルが並び、椅子が十脚ほどある部屋で、若い男性が一人待っていた。ドアが開くと同時に立ち上がり、こちらへ数歩近づいてきた。

「グアトさん、ロジさん、お会いできて嬉《うれ》しく思います」彼は言った。同時に、セリンとは身分証明の通信をしたようだった。「情報局のミロフといいます。ロジさんには、以前にお会いしたことがありますか？」彼はそう言うと、ロジをじっと見た。

「ありません。断言はできませんが」ロジが無表情で答えた。

2

動物園の警備のために警官が張り込んでいた理由は、ある動物に関する技術が、国家的な価値を持つことが判明したためだった。その技術に関しては、残念ながら、具体的なことは教えてもらえなかった。ただ、ロボットではなく、本物の動物をコントロールする技術だ、と概略だけの説明があった。

それくらいのことならば、特に珍しくもないのではないか、と僕は受け止めた。おそらく、ここでいう「技術」とは、人工知能を生きた動物の頭脳に移植するような生物学的、医学的、工学的な方法論を示しているのだろう。その技術が実証されているかどうか、実用段階にあるかどうかは、また別問題である。一般に、単に「技術」という場合には、方法論の提案と簡単な基礎実験程度の立証でしかない場合が多い。

もし、本当に実現していれば、世界的な話題になるはずだ。つまり、それに類するか、あるいは同等の機能を、より簡易かつ効果的に実現する新たな方法が見出《みいだ》されなければ、実用化はされないレベルのものだろう。それくらいのことを想像した。

ただ、実際に起こった事件、被害者を二人も出した事態に、それがどう関係するのか。なかなか話の筋が見えてこない。

説明したのは、情報局のミロフだった。彼は、ドイツとしての国益がすべてであるかのような物言いだった。もう少し言葉を選べば和らぐのだが、逆に強調する表現が臆面《おくめん》もなく頻出するので、シュタルク所長やキンケル主任研究員が、ときどきお互いの眼差しを交わし、小さく溜息を漏らすような場面が観察された。

「実は、この技術は日本とも共同研究を行っており、逐次《ちくじ》情報を交換している関係にあります」ミロフがこう言ったとき、初めて少しだけ自分が呼ばれた理由に近づいた気がした。だが、階段を一段上がって、屋上に近づいたという気分に等しい。

警官と釣り人を襲ったのが誰なのか、という点については、詳しい話はまったくなかった。それは今回の会合では大きな問題ではない、と言いたげでもあった。その点に関する質問をしても、かなり外れた角度からの、ほとんど無関係の説明がなされるだけだったので、三度くらいのチャレンジで、僕はそのアプローチを諦《あきら》めた。そちらについては、いずれご理解いただけるはずだ、とミロフは微笑んだ。きくな、という意味のようである。

動物園で行方不明になっているのは、その動物の飼育を担当していた女性で、キンケル主任の部下だという。生物学のマスタを取得した人物で三十歳。勤務に問題はなく、どこかへ黙って行くようなことは考えられない。自宅にも、そのような跡は見られなかった。おそらくは、なんらかのトラブルに巻き込まれたか、あるいは事件に直接関係していたのか、いずれかだろうとの推測を、ツァイラが語った。

話が一段落したところで、シュタルク所長が僕に、なにかご質問はありますか、と尋ねた。質問ばかりが頭の中に充満し圧力で頭が膨張するのでは、と思っていたところだったので、なにから質問すれば良いのか迷った。

「まず第一に……」僕は尋ねた。「私が呼ばれた理由を教えて下さい」

「今回の事件に関しまして、博士のご意見を伺いたいのです」シュタルクが答えた。

きっとそんなところだろうと抽象的に想像していたとおりの抽象性だった。覚悟はしていたが、しかし理由としては、あまりにも不充分だろう。それに、今の僕はもう「博士」などではない。過去の知見は、ほとんど論文として発表しているつもりだし、それこそソフトウェアなり、人工知能なりが、僕ができる程度の判断や意見なら、充分代わりを果たせる状況のはずなのだ。

「たとえばの話ですが……」そう言いながら片手を持ち上げたのは、キンケル主任研究員だった。「人間でないウォーカロンに対して、博士の技術が応用できる可能性はありますか？」

「人間ではないウォーカロン？」僕はその言葉を繰り返した。「それは、クローンのことですか？　それとも、単なるクローンではなく、クローンに対して、生育過程において人為的な脳組織への干渉を受けた生命体のことですか？」

「もちろん、後者です」キンケルは頷いた。

「残念ながら、そういった対象に、私は出会ったことがありません」僕はそう答えて、一呼吸置いた。そんなことは相手も知っているはずだ、なのに何故その質問をしたのか、と考えながら、話を続ける。「研究対象にしたこともない。したがって、判別の基本となるデータが存在しない以上、適応することは不可能だ、とお答えする以外にありません。しかしながら、これからそういったデータを採取することで、将来的に判別ができる可能性があるのか、というご質問でしたら、もちろん、答はイエスです。不可能だと否定する理由がありませんからね」

「ありがとうございます」キンケルは頷いた。表情は変わらなかったが、テーブルの上に置かれていた片手が握られるのが見えた。

「そういった研究対象が存在する、と理解してもよろしいのでしょうか？」僕は尋ねた。

キンケルは答えず、隣に座っている上司を窺った。

「それに近いものは存在します」シュタルク所長が答える。「この件については、是非オフレコでお願いしたい」

それは、そうだろう。ミロフの強い視線がこちらに向けられているのも感じたが、わざとそちらに視線を向けなかった。対照的に、ツァイラ刑事は、視線をテーブルの上に落としたままで、誰の顔も見ていなかった。

会合は、三十分ほどで一旦《いったん》は解散になった。情報局と警察とは、のちほど個別に僕たちと打合せをする、とのスケジュールが所長から伝えられた。最後にキンケルが立ち上がりながら、研究所内と、僕たちのために用意した部屋へ案内をする、と言った。

ミロフが最初に部屋から出ていき、続いてツァイラがそれを追うように退室した。おそらく、まずは情報局と警察で情報交換をするつもりなのだろう。

「ミュラ館長から、貴方《あなた》のお話を聞いています」シュタルク所長が僕に言った。「信頼のできる方だと」

ミュラというのは、私立大学の博物館の館長をしている女性だが、デミアンの事件のときに知り合った。彼女の兄は情報局の捜査官だった。現在は、彼女も情報局に勤務していると聞いているものの、本人と話をしたことは、あのとき以来ない。

所長が立ち去り、通路に出ると、キンケルが待っていた。僕とロジとセリンは、彼女と一緒に通路を奥へ歩いた。

「お部屋を用意しましたので、まず、そちらへ」キンケルが言った。

「部屋というと？　もしかして、宿泊をするための？」僕はきく。

「もちろんそうです」キンケルは答える。

エレベータホールに出て、そこで数秒待つと、一つのドアが静かに開き、キンケルがどうぞ、と手で示した。

「宿泊することになるのですね。どれくらいの期間をお考えなのでしょうか」僕は尋ねた。

「なにも、準備をしてきませんでした」ロジがあとを引き継いで話した。「今日は話を聞くだけで、一旦は帰るつもりでした」

キンケルは、これに対してなにも言わなかった。秘密保持のためには、できるだけ外出してほしくない、特にどこかとの通信を控《ひか》えてほしい、という意向があるのかもしれない。

エレベータから出た場所は、雰囲気が一変していた。壁に大きな絵が飾られ、床には絨毯《じゅうたん》が敷かれている。天井は高いが、窓が近くにないため、照度が不充分だと感じられた。なるほど、ここは宮殿か、と気づく。

歴史的建造物の宮殿というわけである。通路に出たが、前も後ろも、誰もいない。突き当たりに少し明るい場所が見え、そこには窓がありそうだった。

案内されたのは、古風な高級ホテルのようなデコラティブな部屋で、家具も調度品もクラシカルだった。広いリビングに寝室が三つ、そのそれぞれにバスルームがあった。調理はできないが、必要なものはロボットがサービスする、とキンケルは説明した。

一度休憩をされますか、と尋ねられた。僕は、二人の顔を見たのち首をふった。そのまま、部屋を出て、通路を歩き、端《はし》まで行く。さらに左右に入ったところから、ドアで外へ出られるようだった。キンケルの案内する片方へ進み、ドアを開けると、バルコニィになっていた。

自分たちがいる場所は、この宮殿の二階らしいが、普通の建物の三階か四階くらいの高さだとわかった。さきほど案内された部屋は、窓が東向きだったが、そのバルコニィは西向きで、湖と対岸の町が見えた。湖面には、船が何艘《そう》か浮かんでいた。帆を持った古風な船もある。おそらくは観光用のものだろう。

また、島の半分を占める動物園も一部を見ることができた。ほとんどが樹々に隠れているものの、白い建物が点在している。ただ、動物を入れる檻や柵《さく》のようなものは見えなかった。

「あそこで、最初の事件が？」僕は指差して、キンケルに尋ねた。

「動物園は、地上だけではありません。大部分は地下にありますし、また、この宮殿の東側、あちら側にも一部の施設があります。事故は地下で起こりました」

彼女が「事故」という言葉を使ったのは、意図的なものだろうか。もちろん、事故でも事件に含まれるのかもしれない。

「先日、釣りをしていた人が襲われたのは、あちらです」キンケルは、正面の湖を手で示した。「あの町の近くです。ここから見ると、右へ行くほど森が広がっていますが、町の外れだったようです」

「その、行方不明になっている問題の動物というのは、泳ぐのですか?」僕は尋ねた。

「泳ぎます」キンケルは頷いたあと、少し微笑んだ顔になる。「ほとんどの動物は泳ぐことができます。水辺に棲息《せいそく》するかどうか、というご質問でしたら、ノーです。もっとも、生態はよくわかっておりませんが……」

「今も、どこかで生きているのですか?」ロジが尋ねた。

「それは、いいえ、わかりかねます」キンケルは首をふった。「生きるための環境としては、この場所は適しているとはいえませんので」

「盗まれた、と考えるべきなのですか?」ロジが続けて質問をした。

「私は、そう考えております」キンケルはゆっくりと頷く。「非常に珍しい種なので、金銭的にも価値がありますし、また学術的にも大変に貴重なものです」

「どんな動物なのですか?」セリンが尋ねた。彼女にしてみれば、どうしてそれを教えてくれないのか、という気持ちだったのだろう。

「お教えできない理由があります」キンケルは首をふった。「少しだけ申し上げるとすれば、まず、呼び名が決まっておりません。それに、その情報が漏れることを大変に危惧（きぐ）しております」

だいたい想像のとおりだった。

再び建物の中に入り、通路を戻った。エレベータから降りたときには気づかなかったが、ドアは古い建築らしい風合いに作られているが、新しいもののようだ。それが開くと、明るい別世界となる。

エレベータで地下の研究所に戻ったが、さきほど会議室があったフロアとは違う場所だった。

通路の両側に研究室、実験室のような設備が見渡せるが、透明の壁に隔《へだ》てられている。それらの部屋に入るドアは少なく、それぞれ十メートル以上離れている。働いている人々も十数人確認できた。誰もキンケルと同じ派手なブレザは着ていなかった。普段着か白衣が多い。大きな部屋でも、パーティションに区切られているし、太い柱が多く、全体が隈《くま》なく見渡せるわけではない。どれくらいの面積があるのかも、よくわからなかった。

動物を扱う研究をしていると聞いたが、実際に動物の姿を見ることはなかった。それは、医学の研究施設に人体が見当たらないのと同じだろうか。細胞レベルの実験と、コンピュータによるシミュレーションが基本的なものであり、したがって、動物園とは、それほど緊密な関係にはない、とキンケルは語った。動物園は、動物の生態に関心があるが、その分野の研究者は、野生の動物がまだ残っている地域へ集中しがちで、国内には今や少ない、とのことだった。その地域とは、アフリカ大陸のことだろうか、と僕は想像した。

「日本の動物園は、今ではロボットがほとんどだと思います」僕は歩きながら話した。「科学博物館でも、それは同じでしょう。生きた本物の動物を集めることは、極端に難しくなりましたからね」

「ドイツでも、同じ状況です」キンケルは頷いた。「ほんのたまに、保護されることがありますが、多くは違法な取引きで入国した個体です。それらを繁殖させて増やした例も、少数ですがあります。しかし、大きなものは滅多《めった》にありません。いわゆるペットになるような、小動物に限られます」

3

研究所を見学したあと、僕たち三人は個室に戻った。キンケルとは、通路で別れた。情報局のミロフから、部屋を訪ねたい、とのメッセージが届いていた。その時刻まで一時間ほどあるので、サービスにコーヒーや紅茶を頼むことにした。ランチを食べても良かったのだが、三人とも空腹を感じていなかったので、パスすることにした。

共通スペースのリビングには、上等なソファのセットがあった。自宅にあるものの二倍もあろうというサイズだった。僕たち三人が同じソファに腰掛けても、充分に余裕がある。それが二脚あり、また一人掛けの肘掛《ひじか》け椅子も二脚あった。そのほかにスツールもやはり二つある。ここにあるものだけで、三人が寝られるのではないか。

ロジとセリンが寝室へ入ったところで、ドアベルが鳴った。返事をすると、ロックが外れて、ワゴンが入ってきた。飲みものを運んできたようだ。

ロジが寝室から飛び出してきた。ワゴンが二本の腕を使って、テーブルにトレィを移したが、そのすぐ横で、ロジが両手を腰に当てて立った。

「出遅れた?」僕はロジに微笑んだ。

「バスルームにいたので」ロジが溜息をつく。「もう少し、危機感を持っていただかないと……」

仕事を終えたワゴンは、挨拶をしたのち通路へ出ていった。

「今まで、いろいろなところへ行ったけれど、今回は、そのうちでは最も安全な部類だと思うよ」

「どうしてですか?」

「まあ、そうだね……、相手が人間ではなさそうだから」僕は答えた。これは、半分は冗談のつもりだ。

「私は、人間だと思います」ロジがすぐ言い返した。

セリンが部屋から出てきた。「なにか、あったのですか？」

「いや、コーヒーが届いただけ」僕は答える。

「すみません、すぐに出られなくて」セリンはロジに頭を下げる。

「情報局は、どんな話だろう？」僕は呟《つぶや》いた。ミロフが何を教えてくれるのか、と想像した。少なくとも、会議室では言えなかったことだ。

「おそらく、警察との合意ができたところまでです」ロジが言った。彼女はまだ立っていたが、カップと皿を手に取って、コーヒーに口をつけた。「あのあと、ミロフ氏はツァイラ刑事と打合せをして、両方の上司にも確認を取ったはずです。そこでようやく、どの範囲までを日本人たちに明かすのか、決めたというわけです」

「なるほど……」僕は頷いてから、コーヒーを飲んだ。ロジが毒味をしてくれるのを待っていたのだ。今もこの習慣が残っている。

ロジの指摘は、僕が考え及ばなかった政治的な領域といえるが、そう聞くと、それ以外にない、と思えてきた。ロジによれば、力関係では警察よりも情報局の方が上らしい。ベテラン刑事よりも新米情報局員の方が上司になる、という意味だろうか。

二人の人間が無残《むざん》な不幸に見舞われた。しかも、その事件のまえから、警察は警戒していた。なんらかの犯罪の兆候を察知したのか、あるいは内部告発のようなものがあったからだ。また、二つめの事件のあと、情報局が乗り出してきた。国家機密に関する問題が顕在化したからだろう。日本の情報局を通して僕に呼出しがかかったのも、このためだ。

警察は、犯人を捕まえたい。情報局は、情報漏洩を防ぎたい。両者の思惑は、おそらく一致することはないだろう。僕は情報局に呼ばれたけれど、事件について詳細に伝えなければ、協力は困難となる。では、何をどこまで教えるのか。あるいは、真実を隠し、ストーリィを偽装する必要も生じるだろう。口裏を合わせるために、ツァイラ刑事とミロフ局員が議論している。警察本部と情報局に確認を取ったうえで、僕たちのところに話が来る。

さて、それをどこまで信じたら良いものか。

それに、日本の情報局も、局員を送り込んできている。漁夫の利でも狙《ねら》っているのだろうか。なにかおこぼれの情報が得られると期待しているにちがいない。彼らは、とにかくなんでも知りたがる。

「周辺を見回ってきます」セリンは、カップをテーブルに置いて、立ち上がった。

ロジが無言で頷き、セリンは部屋を出ていった。

「彼女、武器を持っているの?」念のために僕は尋ねた。

「当然です」ロジが答える。「遊びにきているわけではありません」

「君は?」

ロジは僕の顔を見つめたまま、僅かに口を尖《とが》らせた。そんなこときかないでくれ、という顔である。少なくとも複数個の武器を所持しているだろう。

「昨夜、セリンから対トランスファの最新スクリプトもインストールしました」ロジは話した。「少なくとも、グアトよりは安全です」

「私は、そんな必要がない。武器もないし、なんの装備も持っていない」僕は微笑んだ。しかし、メガネをかけていることに気づいた。「あ、これは大丈夫かな?」

「大丈夫ではありませんが、そんな影響力の小さいアイテムに侵入するとは思えません」

ロジは、部屋の中を調べ始めた。センサ類が隠されているかもしれない。電磁波あるいは信号電流によって生じる磁界の変動を感知するものだ。彼女は顳顬《こめかみ》に指を当てて、部屋の壁に沿ってゆっくりと歩いた。僕が使う予定の寝室にも入っていった。残りの二つの寝室は、さきほど捜査をしたのだろう。

僕はソファに深く腰掛けて、冷めつつあるコーヒーを舐《な》めるように飲んだ。十五分ほどで、彼女の捜索を完了したようだ。

「なにもなかった?」僕は尋ねた。

「はい、おどろくべきことに」ロジは戻ってきて、対面のソファに腰を下ろした。「そうですね、情報局が私たちを呼んだのですから、これくらいのことは礼儀というものでしょうか」

「あの若い局員についての感想は?」ミロフについて尋ねた。盗聴されていないことが確認されたので、きいてみる気になったのだ。「なんか、見るからにウォーカロンぽいけれど」

「そうですか?」ロジが首を傾げる。

「いや、人間だと思う。ロシア人っぽい名前だね」

「本名ではないでしょう、私たちもそうです」

「こういった場に派遣されてくるにしては、若いよね、見た感じのことだけれど」

「若くてはいけない、という理由はありません」

「君の印象は?」

「なんらかの特技を持っているように感じます。うーん、はっきりとはいえませんが、できれば戦いたくないタイプです。おそらく格闘技の相当な使い手かと」

「デミアンみたいに?」僕はきいた。以前に関わったことがあるウォーカロンだが、今はドイツ情報局の下で働いているそうだ。

「うーん、そうですね、近い感じがします」ロジは頷いた。「その技を使う機会があると予測して、人選されたのでしょう」

「日本の情報局は、セリンを派遣したけれど」

「私だったら、彼女を選びません」ロジは首をふった。

「ああ、彼を使った?」僕がきくと、ロジは小さく頷いた。彼女の部下だった局員のことだ。先日、スイスで少しだけ会ったことを思い出した。今どこにいるのか知らないが、ドイツに来たという話は聞かない。

ドアがノックされたので返事をすると、セリンが戻ってきた。

「特に異状はありません」近くまで来て、彼女は報告した。「この宮殿には、私たち三人以外には誰もいません。動いているのはロボットだけです。外に出て、周囲も歩いてきました。やはり、人間も動物もいません。湖に水鳥がいますが、ナチュラルな動物ではなく、ロボットのようです。通信が確認できました。エレベータは、無許可では地下へいけないようですから、研究所には立ち入っていません。島には、現在立入り禁止の動物園も含めて、この宮殿のような大きな建物はありませんし、外からの観察ではどこも、人や動物の反応はありませんでした。ここの研究員は、どうやってここへ通っているのでしょう?」


セリンは、そこまで一気に話したが、大きく息をして、そこで黙った。

「水上バスかな。それとも、地下に居住設備があるとか」僕は言った。

「その可能性はあります。ただ、地下からの排気口などが、それほど多くはありません」セリンは言った。「二酸化炭素濃度も平均的な住宅地よりも低い数値です」

「湖の風のせいじゃないかな」僕は軽く考えて答える。「魚はいるのだろうか。釣りをしていたらしいけれど……」

二人めの被害者のことだ。その話は出なかったが、自然保護区域なのだから、違法行為だったのではないか。つまり、密漁である。

「そういえば、その被害者は、どんな名前？　どんな人物だったのだろう？」僕はきいた。

「警察からも情報局からも、その個人の情報は届いていません。でも、調べてみます」セリンが答えた。「地元のニュースや個人の発信を探せば、見つかるのではないでしょうか」

報道統制で公開されていなくても、地元で一般人がいなくなれば、多くの人がなんらかの反応を示す。ネットを丹念に調べれば、その種の兆候は必ず発見できるだろう。ただ、秘密にしたい意志が強ければ、それらは時間が経《た》つほど削除されることになるはずだ。

「どちらにしても、むこうは、グアトに何を期待しているのでしょうか？」ロジが言った。「それがはっきりしません。そこが、気持ちが悪い」

4

ドイツ情報局のミロフが部屋を訪れた。大きなソファに座ってもらった。僕とロジが対面に座り、セリンは壁際に立った。そういえば、このような談話する場面では、たいていロジが壁際に立っていた。情報局員のフォーメーションとして決まっているのかもしれない。たとえば、相手が突然銃を向けてきたような場合、標的となる角度を考慮しているとか、である。妄想ではなく、この手のものが現実的なのが、情報局の恐ろしいところである。

「改めて、依頼を受けていただき、遠くまでご足労いただいたことに感謝いたします」ミロフは滑《なめ》らかな口調で話した。「まず、以前より、この近辺では大きな獣を見た、という目撃情報が多く、この湖か、あるいは周辺の森に棲《す》んでいるのではないか、という噂がありました。しかし、具体的な証拠はなく、観光客を呼ぶための宣伝行為だ、と語る人も多かったのです。ところが、一年半ほどまえからでしょうか、それらの目撃情報が頻繁に発せられるようになり、地元のマスコミが幾度か独自調査に乗り出しました。対象が撮影された映像もあります。しかし、残念ながら不鮮明だったり、ほんの一部であったりして、決め手となるような証拠は得られませんでした。ところが、三カ月ほどまえのことですが、この映像が一部で公開されました」

ミロフは、ホログラムをテーブルの上に投影した。暗い場所のようだった。人の足音に合わせて、視点が揺れている。歩きながら周囲を撮影した映像である。ときどき見える光源は、距離が遠い。また、反対側には、遠くの光を反射する水面らしきものがあった。三百六十度すべての方角が撮影されている。

「まもなく、音が入ります」ミロフが言った。

低い唸るような音が聞こえた。それと同時に、視点の揺れが止まる。歩くのをやめたらしい。すばやく方向を変えるが、これを瞬時に補整し、揺動を止める処理が加えられている。人間は一方向しか見えないが、カメラは全方向を捉えているので、映像の向きは変わらない。低音は、機械的な音ではなく、動物の声のようだ。しかし、すぐに聞こえなくなった。そこで、また少し歩いて移動する。

岩場があり、そのむこうの湖がしだいに見えてくる。反対側の少し離れたところには植物が茂っているが、近辺の見通しは悪くない。

「これを撮影した人物の呼吸の音は処理されています。まもなくです。映像が乱れますが、三秒間ほどです」

突然、映像が揺れた。それとともに、沢山《たくさん》の音が同時に聞こえた。唸り声、なにかが何度も当たる音、擦《こす》れるような音、水の音、風の音、人間の短い叫び声。

揺れていた映像がときどき停止する。そのとき、飛んできた飛沫《ひまつ》がカメラに当たり、映像が不鮮明になる。焦点が合わない。今までなかったものが、近くにあった。たちまち暗闇になった。

「もう一度」ミロフは言った。「スローで再生します」

十数秒に引き延ばされていたが、ほとんど同じだった。音は低くなるが、映像は不鮮明だ。一番ピントが合っているのは、飛沫が飛んでくる場面。その後、僅かな時間、〇・三秒ほどだろうか、大きな口が映っていた。映像をそこで止めて、じっくりと見る。

その場所に来るまで、暗かったので何者かは認められない。すぐ近くにいて、口を開いた。口の中の色が、躰《からだ》の表面よりも白っぽかった。最もよく見えたのは、牙《きば》のようだ。

「カメラを持っていた人物は、反対方向を見ていた。そこへ背後から忍び寄ったようです。あるいは、湖の中から出てきたか、岩陰《いわかげ》に隠れていたのでしょう」

「その撮影者は?」僕は尋ねた。

「不明です。地元の者ではない、ということしかわかっていません」ミロフは答える。

「場所も特定されていない。カメラも見つかっていません。この映像は、転送されて記録されたものです。地元の警察が、このデータを持っていました」

「それらしく作られたものかもしれませんね」僕は言った。

「警察は、そう考えています。撮影者が不明であること、また現場と似た近辺を捜索した結果、なんら痕跡《こんせき》が見つからなかったこと、などによります。ただ、悪戯《いたずら》で撮影されたものなら、普通は広く公開しようとするはずです」

「かなり大きな口に見えました。動物の口ですよね、あれは」ロジが言った。

「そのように見えます。しかし、ロボットかもしれません」ミロフは言う。「その他の目撃情報などから、警察やマスコミは、ロボットの可能性が高いと考えていました。しかし、ロボットならば、どこかでエネルギィ補給をする必要があります。情報局が近辺を調べたところ、そのような痕跡は見つかりませんでした」

「トランスファか人工知能が調べたのですか？」

「はい、そうです。エネルギィ補給をする場合、通常なんらかの信号が発せられるはずだからです。もちろん、そういった一般的なシステムを使わない、完全に独立したエネルギィ源の存在も否定はできませんが、そうなると、それ相応の規模の設備が必要で、ますます目立つことになります。このエリアには、自然が多く残っていて、人工物を隠すことは難しいと思われます」

「生き物ならば、自身でエネルギィを補給できます。植物かほかの動物を食べる」僕は言った。

「そのとおりです。実は、動物園で、餌《えさ》の貯蔵庫が荒らされた事件もありました。動物園は、それを警察に報告しませんでしたが、あとから、関係者のリークでわかったことです」

「それで、情報局の結論は？」僕は尋ねた。

「ロボットではない。ただ、トランスファのものらしき、不可解な信号が確認されています。意味のあるものではない。まだ、分析中ですが、猛獣をコントロールする脳波信号の可能性があります」

「まさか……」僕は思わず呟いた。

「これは、情報局の人工知能が演算した、最も可能性の高い仮説です」

「それは、つまり、動物のウォーカロンだというのですね？」僕はきいた。

「その言い方が正しいのかどうか、議論はあると思いますが」

「何のために、そんなものを作ったと？　いえ、それを作ったのは誰なんです？」

「考えられるのは、ここの研究所の関係者です」ミロフは、指を下へ向けた。この場所の地下を示しているのだ。「それ以外の可能性は極めて低い。研究所員の中には、HIXから移ってきた研究者が大勢います。中国のフスとの統合で、HIXからは多数が退職しました」

HIXは、かつて存在したドイツのウォーカロン・メーカである。数年まえに、中国のフスに事実上吸収され、現在はその名は消滅している。ウォーカロン・メーカは、一国を完全に凌《しの》ぐほど大きな経済力を持っている。世界を支配しているのは、ウォーカロン・メーカの連合、ホワイトである、とも広く認識されているが、その中心にあるのが、HIXを統合し世界最大のウォーカロン・メーカとなったフスなのだ。

「いや、わからない。研究のためにやったことだろうか」僕は言った。「たしかに、実験の試料としては、動物の方が適している。人間よりも早く成獣になる。試料に必要な条件は、時間的な促進性だから……。でも、それにしても、意味がわからない。うーん、たとえば、兵器として使いたいといった軍事目的では？」

「情報局もそれを考えています」ミロフが頷いた。「武器として売れるだろう、ということです」

「そうかな」僕は首を捻《ひね》った。「ロボットの方が役に立つ」

「やはり、エネルギィ補給の点で、メリットがあるのかと」ミロフが答える。

「いやあ、しかし、考えられない。指示が的確にできるだろうか?」

「そこです」ミロフが指を一本立てた。「博士にご意見を伺いたいのは、まさにその点に関してです」

「わかりませんよ、そんなこと」僕は首をふった。「全然、専門外です」

「トランスファの通信データを解析してもらいたいのです。それらは、動物をコントロールする脳波信号に類するものと想像されます。分析することで、本物の動物なのか、それとも動物のウォーカロンなのか、という判別が可能になるのでは、と期待しています」

「その判別ができたとして、いったいどうなるのですか? どちらでも、人を襲う猛獣には変わりないのでは?」

「発見したときに、もし人間への攻撃性が観察されれば、殺してしまえばお仕舞いです。殺せば、頭脳を解剖して、本物かウォーカロンかは判別できます。しかし、野生の動物を簡単には殺せません。現在の法律では保護しなければならない対象です」

「ウォーカロンだったら、殺せるということですか?」

「そうです。ウォーカロンは人間が作ったものです。野生ではない。自然に生まれたものではありません。法律が定めた保護対象外となります」

納得ができる理由ではなかった。しかし、ここで話は終わったようだ。しばらく、沈黙があった。

できないことはできない、できることしかできない、と話すと、それで充分です、とミロフは微笑んだ。この人物に対する印象が、僕の中で少しだけ良くなった。

また、研究所の端末などを使用できること、ドイツ情報局の人工知能が支援をすることなどを伝え、ミロフは部屋から出ていった。

彼がいなくなったところで、問題の動物は何か、という話をロジとセリンが始めた。

「ワニでしょうか」セリンが最初に言った。「口がそんな形状に見えました。牙の形を分析すれば特定できそうです」

「ワニって、こんなところにいるもの?」ロジが言った。「あれは、熱帯のジャングルなのでは?　ここは寒すぎるんじゃない?」

「でも、水辺にいそうです」セリンが答える。「湖に逃げ込んだら、見つからないと思います。陸上の動物では、食料が多くは獲《と》れないのではないでしょうか」

「うーん、私は、なんていうのか、ネコ科の猛獣だと思った。最初からそういうイメージだったんだけれど。口の形なんか、よくわからなかった。映像がぶれていて、それを補整したものだから、歪んでいる可能性があるし……、人間にそっと近づいて、いきなり襲うというのは、ワニにできること？　いえ、よく知らないけれど……」

「唸り声が聞こえたね。ワニよりは、哺乳類《ほにゅうるい》の猛獣のような感じだった」僕は述べた。ロジに加勢した意見である。「その、つまり、兵器として使うことを考えたら、ワニではね、ちょっと使いにくそうだ」

「たしかに、ワニだったら、ロボットの方が適していそうです」セリンが言う。

「そう、足もキャタピラにしてね」

「ワニである必要がないのでは？」ロジが言う。

「それから、コントロールする場合にも、哺乳類の方が楽なんじゃないかな」僕は話す。

「想像だけれど、人間に近いほどコンピュータが解析しやすい。既存のデータが豊富に存在するからね」

「ワニでなかったら、ヘビかと思いました」セリンが言う。

「ああ、ヘビね……」僕は、そこで一瞬考えた。「ヘビは、ありそうだね。兵器になる。場所を選ばないし、狭いところから侵入できる」

「人間に近くはないのでは？」ロジが言う。「それに、ヘビは、たしか、獲物を食べるときに、そのまま丸呑《まるの》みすると聞いたことがあります。丸呑みしてから、ゆっくりと消化すると……」

「そうか、それだと、惨殺《ざんさつ》死体が残るようなことにはならないわけだ」僕は頷く。「動物については、あまり知らないから、ちょっと、勉強したくなってきたね」

5

続けて、ツァイラ刑事と会って話をした。これは部屋ではなく、地下の研究所の一室で、彼が指定した場所だった。地下三階である。そこは、初めに入った会議室の一つ下のフロアになる。

警察の関係者が数人、この研究所に詰めていて、周辺の捜索を継続的に行っているそうだ。その臨時の捜査本部が地下三階にあり、そこに付随した応接スペースだった。

「我々が知りたいのは、二人の人間を殺したのが誰か、ということです」ツァイラは言った。一人はまだ完全には死んでいないはずだが。「直接襲ったのはロボットか動物であっても、それを操っていた人間がいるものと考えています。また、この研究所で行われていた研究に違法性はなかったか、という点にも関心があります。これは、情報局も同様の疑いを持っているはずです。ただし、情報局と警察では、守るべきものが違います。彼らの目的は、国家を守ること。我々は、国民を守るためにあります」

「疑わしい人物がいますか?」僕は尋ねた。警察は一カ月以上まえから、この事件を捜査しているのだ。

「いえ、特定の人間を疑っているわけではありません。まだ、そんな段階ではない。最初は、動物園の内部で盗難などのトラブルがありました。また、スタッフが怪我をするような傷害事件も発生していたそうです。警察に被害届が出て、それに従って調べても、該当するような明らかな証拠が得られない場合が多く、組織的に隠蔽《いんぺい》されているような印象を担当者は持っていました。警察の中では、深く関わってもなにも得られないという意見が出始めていた。ところが、ついに死人が出ました。しかも警官でした。これで、一気に姿勢が変わりました。捜査本部が設置され、規模も大きく、重点的に人員が投入されたのです。私が担当になったのも、そのときからです」

「被害者の警官は、警備をしつつ、捜査をしていたのですね?」

「事件の捜査をする刑事ではなく警官でしたので、どちらかといえば、警備が目的でした」ツァイラは答えた。さきほどとは、少し話が違っているが、情報局との打合せで、語れる内容に変化があったのかもしれない。「過去には動物の餌などの盗難があったので、夜間に巡回していただけです。今思うと、大きな危険があるとは想定していなかった。非常に残念なことです」

「検死の結果は?」僕は質問した。

「鋭い複数の刃物のようなもので襲われた。非常に残忍なやり方でした」

「人間がやったのではない、ということですか？」

「一見、そう見えます。しかし、そう見せかけたのかもしれない。断定はできません」

「防犯カメラは？」

「警官は、カメラ付きのゴーグルを装備していましたが、後ろから襲われ、最初の一打が致命傷でした。ゴーグルは見つかっていませんので、映像は残っていません。動物園の飼育スペースでしたので、カメラが多数設置されてはいますが、半分もまともに稼働していなかった。一般の人間が入る場所ではないため、管理も疎《おろそ》かになっていたようです」

「でも、誰でも侵入できる場所ではありませんよね」

「そのとおりです。まず、島に来るには船が必要ですが、船舶運航の記録はありませんでした。動物園の敷地は、高さ四メートルの柵に囲われています。梯子《はしご》かなにかを使わない限り、乗り越えることはできません。出入口は幾つかありますが、許可を得た者でない場合には、ロックされて通ることはできませんでした。現場は地下になりますが、出入りは関係者でないと困難です。ただ、内部の通路が、さきほど申しましたとおり、記録が完全ではなく、そうなると、出入口の管理も、実際どうだったのか……」

「空を飛んでくれれば、島に入れます」ロジが言った。

「は？」ツァイラは、ロジの方へ視線を向ける。「それは、ええ、そうです。ジェットエンジンを背負っていたというのですか？　夜中ですから、音が遠くまで聞こえるのでは?」

「ダクトファンなら、そうでもありません。四メートルの柵も、ジャンプして飛び越せる人がいるのでは?」ロジがきいた。

彼女はきっと、デミアンのことを考えているのだろう。その程度の運動能力は、ちょっとしたテクノロジィの範囲内であり、簡単に装備できる。

「警官が襲われたときのトランスファの痕跡は?」僕は尋ねた。

「残念ながら、それは調査をしていませんでした。当時は、そんな可能性があるとは考えもしなかったからです。動物を盗み、それをどこかで金に換える。つまり、個人か、多くても数人の犯行だろう、というのが大方の見方でした。それが、調べていくうちに、動物園と研究所のつながりも浮かび上がってきましたし、明らかに隠されている部分がある。知られたくない人たちが多い、ということです。そんなところへ、情報局が絡んできて、ああ、なるほどな、と思ったしだいです」

「何が、なるほどなのですか?」僕はきいた。

「いえ、国家的な機密に関する研究が行われていたのか、ということです」

「情報局は、研究所を擁護《ようご》しようとしているのでしょうか?」ロジがきいた。

「はい、最初はそんな印象でしたが、どうも少し違うのかな、と最近は思い直しています。情報局と研究所は、頻繁に意見がぶつかり、揉《も》めています。そんな場面を何度も見ました。さきほど、ミロフ氏と話して、それが確信に変わりました。情報局が乗り出したのは、この研究所で行われていた研究が、ドイツではなく、他国の利になるもの、つまり反逆罪に問われるような売国行為ではなかったか、との疑いがあったからのようです」

「なるほど」僕は同じ言葉を漏らす。「すると、研究所は、警察にも情報局にも、非協力的だというわけですね?」

「表向きは協力的に振る舞っていますが、実際にはそうではありません。だから、なにも解決しない。彼らには、明らかにしたくないことがある。時間が経過するほど、解明は難しくなると感じます。そもそも、当該分野の国内の研究者は、ほとんどここにいるわけですし、誰が信頼できて、誰がスパイなのかわからない。そこで、外国から呼ぶしかなくなった。そういう事情なのです」

「私が呼ばれたのが?」僕は自分に指を向けた。

「情報局の人選だそうですね。さきほど聞きました。人選をしたのは、人工知能らしいです」

ツァイラと別れたあと、研究所の一室に招かれた。たぶん、ツァイラから「話は終わった」と連絡が行ったのだろう。案内してくれたのは、再び現れたミロフだった。導かれた小部屋は、研究所の地下一階にあった。

情報局のトランスファがエリアを防備し、研究所のほかのコンピュータとは完全に切り離されているから安心して下さい、とミロフは語った。何が安全で何が安心なのか、僕にはわからない。ただ、ミロフも近くの部屋を使っているらしく、ほかにも情報局員が何人かいるようだった。

ミロフは簡単な説明をしたあと退室した。僕たち三人は、その小さな部屋に残された。家具はなく、ほぼ中央に棺桶《かんおけ》が置かれていた。この部屋にあるもので、持ち上げられないアイテムは、それだけだ。もちろん、一般的にはカプセルと呼ばれる端末である。ロジが心配そうな顔を見せたが、僕はすぐにその棺桶に入って、ゴーグルを装備した。

念のために蓋は閉めないことにした。ロジが、それだけは譲れないと言い張ったからだ。また、僕がゴーグルをかけたあと、彼女が僕の右手を取った。そんなことをしたら、ヴァーチャルで僕は右手が不自由になるだろう。

宮殿の通路に僕は立っていた。ついさきほど見た場所である。足音がしたので振り返ると、通路をこちらへ歩いてくる人物がいた。近くまできて、片手を差し出し、あちらへ、と誘った。

髪は白く、老人に見えた。特徴的なのは、古風なヘアスタイルである。そう、昔の貴族に似たカールした長髪だった。鬘《かつら》なのだろうか。ここはヴァーチャルだから、鬘というものの存在意味が限りなく小さい。リアルでも、現在はほぼ意味がないことでは同様である。

明るいバルコニィに出て、彼はこちらを振り返った。日を反射する湖をバックにして立っていた。

「ヤーコブといいます」彼は片手を差し出した。「グアトさん、とお呼びすればよろしいでしょうか?」響くような低音で、綺麗《きれい》な日本語の発音だった。

「情報局の人工知能ですか?」僕は確認した。

「そうです。日本のオーロラと会ったことがあります。グアトさんのことを彼女から聞いています」

「なんて言っていました?」

「具体的には、控えさせて下さい。もちろん、要約すれば、高く評価されているという内容です。今日は、ご挨拶《あいさつ》だけを、と思って参りました。私に与えられた任務は、貴方のご質問に答えることです。ただ、知っていることすべてではありません。誠実にお答えしますが、ドイツ情報局にも誠実でなければなりません。ご理解いただけるものと思います」

「さきほどミロフ氏に見せていただいた映像ですが、あの動物は何ですか?」僕は尋ねた。

「特定されていません。私も演算しましたが、与えられた情報量が不充分です」

「しかし、そのとき以外にも、目撃情報が沢山あったと聞きました。そういったものから類推できるのでは?」

「信頼性が乏《とぼ》しいこと、意図的に捏造《ねつぞう》されたと考えられるものが多いこと、また、動物の種類を特定しても、捜査の方針に影響が極めて少ないこと、などの理由から、あえて特定をしていません」

「ロボットの可能性は？」

「ゼロではありません。動物にしても、人工的に作られ、コントロールが可能なもの、あるいはそれができないもの、と可能性がそれぞれにありますし、また、一頭であるとは考えていません」

「ああ、そうなんですか……。何頭かいるのですね？　それらは、違うタイプのものですか？」

「意図的に作られたものであれば、当然複数と考えるのが順当かと。また、異なるタイプのものを試した可能性も高いと考えられます」

「兵器として開発された可能性については？」

「可能性は排除できません。しかしながら、兵器であってもなくても、商品価値はあります」

「商品？」

「珍しい種であれば、手に入れたいと考える人はいるはずです」

「コントローラブルなら、なおさらですね」僕は言った。

「人間は、そのタイプのものを好む傾向にあります。自分の思いどおりにしたい。自在に操りたい、と考えます。もともと、コンピュータが作られたのも、その動機からです。かつては、一部の人間が大勢の人々をコントロールしました。それが難しくなったため、機械が作られました。ウォーカロンのような存在も、人間の欲望に根ざした生産品といえましょう」

「私は、そういった欲求が薄弱なので、理解ができませんが」

「知識を得たい、謎を解明したいという欲求も、同じものだと思われませんか？」

彼の言葉に、僕は十秒ほど黙って考えてしまった。たしかに、根源的なところまで掘り下げて考えれば、同じかもしれない。知識も謎の解明も、自分の思いどおりにならないものを排除する行為である。なんとなく、自分が解放されたような一時の錯覚に浸ることができる。

「もし、動物だとしたら、しかも、頭脳に人工的な移植があっても、肉体的な改造がされていないナチュラルなものだとしたら、大まかな種というか、類というのか、どの範囲のものである可能性が高いですか？ ワニかヘビなのではないか、という意見を友人が持っていますが……」

「それらの仮定で演算する意味が見出せません。何故なら、ナチュラルである価値もなく、肉体的な改造が加えられていない確率も低いからです」

「哺乳類ではないか、という意見については？」

「コントロールの手法開発の観点から導かれる仮説であることは理解できますが、むしろ、哺乳類よりも単純な信号形態でコントロール可能である利便性が、他《ほか》の種にはありません。単に、一般的に流通しているデータが少ないというだけで、可能性を排除できません」

「なるほど。その、ある特定の種の研究を長く続けてきた、という痕跡があるということですか?」

「そのとおりです。この研究所では十年足らずではないかと予測されますが、HIXの研究所から受け継がれたテーマと推定できます。一部ですが、その証拠も発見されています」

「そうか……、となると、爬虫類《はちゅうるい》かもしれない」僕は頷いた。「ワニは、爬虫類でしたっけ?」

「そうです」ヤーコブは軽く頷く。「研究の対象としては、ナチュラルなものではなく、それらを組み合わせたものが、遺伝子改変、あるいは細胞結合によって試みられたものと推定できます。このようなテーマにおいて、人間がそれらを試さないとは考えられません」

「人間の好奇心ゆえ、ですね」

「ただ、そのことと、動物園から逃げ出したか、連れ去られた動物が何かという問題は同一ではありません。非常に多数の可能性が考えられ、現実の事象は、その中のただ一つです」

「演算されたもののうちから、僅か一例だけがリアルで起こるという点について、貴方はどんな感想を持っていますか？」突然思いついた質問を僕はした。

「申し訳ありません」ヤーコブは、そういって黙った。しばらく僕をじっと見つめて動かない。

「どうかしましたか？」

「いえ、大丈夫です。問題ありません」ヤーコブは頷いた。「グアトさんが、多くの人工知能に注目されている理由が、今わかりました」

「え？　本当に？」今度は僕が驚いた。「是非、その理由を教えて下さい」

「今のような質問をされるからです」

「いや、今のような、と言われても……」

「どうして理由を知りたいのですか？」

「謎の勢力というのか、電子界の知能たちなのか、どうも、その、つき纏《まと》われているような気がするのです」

「気がするという表現は不適切です。つき纏われています。事実として観察できます」

「ですから、その理由が知りたい」僕はきいた。

「端的に申し上げれば、人間らしくないからです」ヤーコブは答えた。「しかし、それが本来の人間なのかもしれません」

「えっと……、どういうことでしょうか？」

「説明が難しい。最適な説明を演算しましたが、解が発散しました」

6

キンケル主任研究員が、動物園をご覧になりますか、とメッセージを送ってきたので、是非、と返事をした。では、五分後に宮殿の玄関ホールで、と指定された。

エレベータに乗り、三人で地上一階へ上がった。エレベータは玄関ホールからは少し離れている。宮殿がデザインされた時代にエレベータが実用化していたら、このような建築計画にはならなかったはずだ。

高い天井のホールには、誰もいなかった。肖像画が両側の壁に掲げられている。セリンは、さきに外へ出ていった。近辺の安全を確かめているのだろう。

「ワニやヘビではなさそうだった」僕はロジに話した。「なんでも特定したがるのは、人間の悪い癖だ、と言われた」

「具体的にイメージできないと対応が定まらない、と思いますが」ロジは不服そうだった。「でも、その動物を捕まえるのは、私たちではありませんからね」

「捕まえなかったら、ウォーカロンかどうかなんて判別できないよ」僕は言った。「その動物が、判別器のあるところに出てきてくれて、こちらの質問に答えてくれたら良いのだけれど」

「そもそも、普通の動物ではありませんよね。普通のワニとかヘビとかだったら、グアトを呼び出すとは思えません。そうでしょう?」

「つまり、脳波を測ったり、トランスファとその動物とのやり取りの信号を観測するうえで、どういったところに着眼し、どんな傾向に注目するのか、というのを見たいんだと思う」

「誰がですか?」

「うーん、ドイツ情報局かな。しかし、あそこにはデミアンがいる。HIXは、その種の、何ていうのか、脳神経の通信について、世界有数の技術を既に持っているはずだ」

「その基礎になったのは、日本のクジ博士の研究のようですから、日本もそれなりに持っていますよね」ロジが言った。「私たちは知りませんが、誰かが知っているはずです」

「まあ、そうだね、知っているとしたら、人工知能だろう。この百年か二百年の研究成果をすべて理解しているのは、人工知能だ。人間がそれをやろうとすると、どうしても複数で協力することになる。グループになると、長く存在を隠すことは難しい。必ず、それについて研究を進めている、という姿勢が漏れ伝わってくる」

「伝わってきませんでしたか?」

「うん、こなかった。だけど、ウォーカロン・メーカの研究所の内部なら、そういう極秘のグループ研究が可能だったはずだ」

足音が聞こえ、通路からキンケルが現れた。同じエレベータで上がってきたようだ。彼女に促されて、玄関から外に出た。セリンがすぐ近くで待っていて、軽く頭を下げた。四人で石造の階段を降りていくと、コミュータが近づいてきた。

「歩いていける距離ですが……」コミュータに乗り込み、全員がシートに座ったところでキンケルが言った。四人の中では、僕が一番年寄りだろう。気遣《きづか》ってもらったのかもしれない。「動物園は、先日の事件以降、一般公開を休止しています」

「一般公開されていたときは、どれくらいの人が見にきていたのですか?」僕は尋ねた。

「一日に、二百人から五百人程度でした。ヴァーチャルによる入園者は、その約二百倍です。ヴァーチャルでは今も閉園していません。二十四時間、動物たちを見ることができます」

「今からは、リアルで見学できるのですね?」僕は質問した。

「もちろんです」キンケルは微笑んだ。

こういった施設では、全方向カメラが多数設置されていて、対象物をどの角度から見ても瞬時に計算して映像を表示できる。ネットを使ってヴァーチャルで来園した客は、自分の好きな場所を歩き、好きなところから好きなだけ見学することができる。ヴァーチャルの動物園なら、動物の檻の中にだって入ることが可能だ。そういった環境に比べて、リアルで来園して見られるものは情報量が少ない。わざわざ遠くから足を運ぶ価値は極めて少ない、と誰もが考えるだろう。あらゆるリアルの観光業が衰退したのも、ほぼ同じ理由である。この分野のビジネスは、九十パーセント以上、電子的なサービスにシフトしている。

「二十四時間、動物たちをヴァーチャルで見ることができたのなら、その殺人事件が起きたときにも、誰かが犯行の一部始終を見ていたのではありませんか?」ロジが言った。

「不審者が侵入したことは確認されていますが、映像データが改竄《かいざん》されていました。カメラに映らない処理がされていたのです」

「つまり、ヴァーチャルでは透明人間みたいになっていた、ということですか?」僕はきいた。

「電子バリアのような感じで、あるエリアからの光が削除されていたのです。ですから、映像では、黒いぼんやりとした闇が動いているだけでした。音も同様に削除されていました」

「ということは、その処理を行うソフトを、あらかじめ侵入させていたのですね?」ロジが尋ねた。「それとも、トランスファのしわざでしょうか？　その場合でも、動物園の電子セキュリティを破る必要があります。内部に手引きをした人物がいる可能性はありませんか？」

「おっしゃるとおりです。警察と情報局が、それを疑っています。私には……」キンケルは首をふった。「考えられないというか、そういったトラブルになるなんて信じられません。動物園には、動物が好きな人が集まっている。研究所にも、動物のことを知りたい人間が集まっている。そんな純粋なというか、子供のような人たちばかりなんです。ここは、民間企業ではありません。利益を追求するプレッシャもほとんど受けることがありません。ここに就職するのは、大学に勤めるのと同じです。研究者には憧《あこが》れの職場といえます」

憧れの職場であっても、人が殺されるのか、と僕は思った。最初は純粋でも、長く同じところにいると、しだいに複雑な人間関係も生じるだろう。憧れのポストを巡って、私欲がぶつかり合い、軋轢《あつれき》も生じるのではないか、と想像した。だが、そんなことを言葉にするほど無神経ではないので、黙っていた。

動物園の入口に到着した。キンケルがガードのコンピュータに指示をして、ゲートを開けさせた。

最初に、広場のようなスペースに出た。小型のコミュータがぎりぎり通れるくらいの小径《みち》が五つあり、その一つに入っていく。透明のチューブの中をゆっくりと進んだ。両側に動物がいるエリアが見えてくる。金属製の檻はなく、また深い溝もない。同じ種類の動物が複数いるところもあった。途中で何度か分岐点に至ったが、キンケルは迷わずコミュータを進めた。見せたいコースを決めていたのだろう。

セリンは、動物園が初めてらしく、左右を熱心に見て、目を丸くしていた。ロジは、そこまで興味があるようには見えない。さらに興味が薄いのが僕かもしれない。ぼんやりと全体を眺めるだけで、動物にはほとんど焦点が合わなかった。

どんなに珍しい動物、見たこともない動物が現れても、広い地球上には、こんなものもいるのだろうな、と感じるだけだ。想像もできない、宇宙人のような生き物は一匹もいない。

動物園のスタッフには一人も出会わなかった。飼育を仕事にしている人間が大勢いるはずだが、姿が見えないようになっているのか。

「沢山いるのですね」僕はキンケルに言った。それくらいの言葉は発した方が良いだろう、と協調性なるものを急に思い出したから、話しかけただけである。「どれもナチュラルですか?」

「いいえ、とんでもない」キンケルは首をふった。「ほとんどが、ロボットです。これだけの種類と量をナチュラルで揃《そろ》えられる動物園なんて、まずありません。どこも、ナチュラルなものは、ごく少数ですし、研究対象として非常に貴重なので、このように見せ物として放っておくことはできません。まるで病院のように、完全看護で監視されているはずです」

「病院ですか……」僕は思わず吹き出してしまった。「では、その貴重な動物は、見られないのですか?」

「のちほど、ご覧いただきます」キンケルは頷く。

「殺人事件が起こったのも、完全看護で監視されているところでしたか?」

「はい、そうです」僕の視線を跳ね返すような、キンケルの強い眼差しだった。皮肉として受け取られたのだろうか。「実際にご理解が得られるかどうかわかりませんが、今回のことは、その、不可抗力だったと考えております。現場では、試験体の取り扱いについて、あるいは、外部からの侵入なども想定して、それなりの基準を設けることで、可能なかぎり対策を講じて参りました。今のところ、ミスや見逃しがあったとは考えておりません」

「私たちは、そういった評価には興味がありません」僕は言った。「責任がどこにあったのかも、まったく関心がありません」

「申し訳ありません。つい、愚痴《ぐち》っぽいことをお話ししてしまいました。ただ、当該施設は、残念ながら縮小の一途《いっと》で、近年、予算は削られる一方なのです。現代社会が求めている資産ではない。また、利益を出すものでもない、との見方が上層部にあるようで、残念に思います」

「それは、どこの研究機関でも同じでしょう。人間の命を救う行為に、科学はあまりにも傾倒し、偏りすぎました」僕は微笑んだ。「知的好奇心に経済的な指向性が生じているのは明らかで、それ以外のものは役に立たない、と非難される」

「広い知識を持つことで、未来には人類を豊かにするものが生まれるのだ、との認識が不足しているのでしょうか?」キンケルが、そう言ったところで、コミュータを停車した。

関係者以外立入り禁止と表示されたドアの前だった。

7

「ここは、もともとは生命研究所と呼ばれていました」地下へ下っていくエスカレータで、キンケルが振り返って話した。「動物の細胞の研究、特に人工的に細胞を生成する可能性を探っておりました。私がここへ来る以前の話です」

「まさか、まったくの無機から、有機を作ろうとしていたのですか?」僕は尋ねた。それならば、僕の興味の対象である。

「そのレベルまでは下りていけなかったと思います。そちらは、そうですね、理学的、あるいは解析的な分野になります。ここでは、もう少しこちら寄りと申しますか、植物細胞を使ったり、あるいは既存遺伝子の操作などを中心に研究しておりましたし、また、さらに現実寄りのレベルでは、新しい動物を作る実験なども行われていたようです。人間以外であれば、哺乳類からアメーバまで、ほとんどのものを取り扱いました」

地下三階まで下りたところで、通路を進んだ。ロックを解除してドアを開けて、奥へ進む。普通の建物の内装から、工場か船舶の内部のような雰囲気になった。さらにドアを開け、今度は階段を下りていく。薄暗い広い空間に出た。空調の音だろうか、一定の低音が唸っていた。照明が点々と存在し、その周囲は明るいものの、湿度が高いのか、霧がかかったように霞《かす》んでいる。

階段を下りきったところは、コンクリートの床で、しかも濡《ぬ》れているようだった。ここで、初めて金属製の格子で囲われた檻があった。高さが五メートルほど、幅は十メートル以上ある。奥行きもやはり十数メートルあって、格子以外の壁は、十センチほどの風船が密集したような不思議な構造だった。エアを蓄《たくわ》えたクッション性のものだろうか。床には植物が積まれているところもある。しかし、動いているものは、今は見当たらない。奥へ歩いていくと、隣にも同じ規模の檻があった。こちらも、中にはなにもいなかった。

檻と反対側は、透明の窓がある壁で、窓から部屋の中が見えた。簡易な家具や計器らしきものが置かれている。

「大きいですね。何を飼うための檻ですか?」僕は尋ねた。

「何をと決まっているわけではありません」振り返って、キンケルが答える。「さまざまなサイズの動物がいますから、檻もさまざまです。動物に合わせて、内部を改装することも頻繁にあります。そういった事態を見越して、大きめのスペースになっています」

三つめの檻は、さらに大きかった。キンケルはその前で立ち止まった。

「被害者が倒れていたのは、この辺りでした」そう言うと、足許を指差した。

コンクリートの床には、今はなにもない。当然ながら、清掃されている。檻の出入口は、いずれの場合も前面にはなかった。奥へ通じるゲートがあるので、そちらにさらに別のスペースがあり、そこに出入口が設けられているのだろう。前面は、通路から観察するためにある。通路の反対側にある施設も観察のためのものだろう。

通路の幅は四メートルほどもあった。また天井は十メートル以上あり、構造を支える鉄骨が剝《む》き出《だ》しになっていた。この大きな三つめの檻が、この空間の一番奥になり、高い壁に突き当たる。通路の先は両開きの巨大なドアだった。この場所へ、クルマが入ることが想定されているのだろう。

「こんな場所を、夜間に警官が歩いていたのですか?」

「巡回をされていましたが、本来は、あの手前の通路か、エスカレータまでで、この内部にまで入ったのは、おそらく、なんらかの異変に気づかれたからでしょう」

「近くに、ほかの警官か、ここのスタッフがいなかったのでしょうか?」ロジが尋ねた。

「はい、そのようです」キンケルが答える。「カメラの映像は、やはり改竄されていて、肝心の場面は映っていませんでした。少し離れたところに、当直のスタッフがいる部屋がありますけれど、音などにも、気づかなかったようです。別の警官が、二つ上のフロアにいたそうですが、こちらへも、連絡などはなかったし、異変にはやはり気づかなかったようです。その結果、翌日の昼頃になるまで、発見されませんでした。このエリアは、その当時には使われていなかったからです」

「でも、ここにいた動物と、その飼育をしていた人が行方不明なのでは?」僕は尋ねた。

「檻は使われていましたが、主に奥のエリアを使用して飼育します。そちらでスタッフは作業をしているのです。動物を外に出すのも、そちらからです」

通路を歩き、突き当たりのドアを開けた。対面にもドアがあり、左右に広い通路が伸びていた。キンケルはそこを右へ歩いた。途中から右手の壁に窓が並んでいる。中を覗《のぞ》くと、やはり動物を入れるための部屋のようだった。次に右にあったドアを開けて、別の通路に出た。

さきほどと同じ規模の通路で、床のコンクリートが濡れている。頻繁に自動洗浄している場所だとわかる。右はコンクリートの柱と金属の格子で、檻が奥まで続いていた。さきほどの大きな檻の裏手になる。こちらには、檻の中に入るゲートがあった。そのゲートは二重になっていて、五メートルほど奥にさらに同じようなゲートがあった。今は、檻の中にはなにもいないようだ。

「こちらの檻にいた動物が一頭、いなくなりました。飼育員も行方不明です」キンケルが言った。

「その動物とは、何ですか?」ロジが尋ねた。セリンも目を見開いて、キンケルを注目していた。

少なくとも、ワニやヘビではなさそうだ。檻の格子の間隔は十センチ程度。また、中にはプールがない。ヘビなら逃げ出せる。水辺に棲むワニでもない。人工の樹や運動のための櫓《やぐら》の類《たぐい》もなかった。ただ、コンクリートの平たい床。周囲はクッションの壁と金属の格子である。さきほどの通路側の檻とこちら側の檻の間には、距離がもう一部屋分ある。それが横から窓で覗けるようになっていた。おそらく、そこが寝床になっているのだろう、と想像した。

キンケルは、ロジの質問に答えなかった。答えられない、とも言わなかった。無言で僕を見ただけ。質問者の顔は見なかった。答えられないことを理解してほしい、といった眼差しだったかもしれない。さきほども、それに近い台詞《せりふ》を聞いている。何故、そこまで秘密にしなければならないのだろう。それが問題の核心ではないか、という気がしてきた。

「ここへは、クルマが入れますね?」僕は別の質問をした。目の前の具体的なことなら、答えやすいだろう。

「もちろんです。作業車で、飼料などを運び込むためです」キンケルが即答した。その質問には答えられる、という顔だった。

「ということは、その飼育員が、動物をトラックに乗せて運んだ、ということになりますか？　まさか、一緒に歩いて出ていくことはできないでしょうから」

「その方法のほかに、もう一つ、ルートがあります」キンケルは指を立てた。もう一つの意味かと思ったが、彼女は天井を見上げた。上という意味らしい。

「実は、ここは上階がありません。ご覧のとおり、吹抜けになっています。今は天井が閉まっていますが、全体にスライドする機構となっていて、開口できます。この檻の天井部も上が開きます。大型の動物を吊《つ》り上《あ》げて、搬入、搬出ができるようになっているのです」

「外にクレーンがあるのですか？」僕がきいた。

「はい。車輪のついたフレームの可動式クレーンです。吊り上げて、移動し、大型トラックに載せます」

「その、吊り上げるときに、誰が動物に、ロープを付けるのですか？」僕は質問しながら笑ってしまった。「自分からすすんでベルトを締めたりしませんよね」

「麻酔を使います」キンケルはにこりともせず答えた。

その後、同じような設備を見学した。動物を実際に見られたのは、ほんの一部で、最大のものでも、カンガルーだった。もっとも、ナチュラルのカンガルーを見るのは、僕は初めてかもしれない。

細胞の研究を行っているエリアは、部屋が細かく分かれていた。ごく稀《まれ》に、ゴーグルをかけている白衣姿の人物も見かけた。僕が見たのは全部で十人ほどである。また、警官にも数人出会った。制服を着ているので、警官だとわかった。いずれもウォーカロンのようだったが、これは断定できない。

一時間ほど見学したあと、談話室のようなスペースで椅子に腰掛け、休憩となった。キンケルが呼んだのか、飲みものをワゴンが運んできた。コーヒーか紅茶かときかれたので、コーヒーを、とお願いした。

今回の事件のおかげで、研究の大部分がストップしている、とキンケルは話した。そろそろ再開しようとしていた矢先、湖の対岸で釣り人が殺された。猛獣に襲われたような被害状況だったため、マスコミが動物園の事件と関連させて報道した。すなわち、まえの事件で警官を殺して、猛獣と一緒に逃走している飼育員がいる。その猛獣が湖か、あるいは湖畔の森に潜《ひそ》んでいる可能性がある。今回の被害者はその犠牲になったのではないか、というものだった。

ロジが飲んだあと、僕は熱いコーヒーに口をつけた。その香りとともに、静かに深呼吸をした。頭脳に新しい酸素が必要かな、と感じたからかもしれない。

ロジとセリンは、またワニの話をしている。キンケルは、どこかから連絡が入ったようで、一旦席を立った。すぐに戻ってきて、こう言った。

「申し訳ありません。所用で研究所へ戻らなければならなくなりました。戻るときは、コミュータをお使い下さい」

「貴女は？」僕はきいた。

「私は、歩いて戻ります」

「いえ、私たちが歩きます」僕は言った。「湖でも眺めて、ぶらぶらと戻りますから、コミュータをお使い下さい」

「ありがとうございます。では、そうさせていただきます」

キンケルは部屋から出ていった。談話室には、僕たち三人だけになった。

「どうしますか？」ロジが僕に顔を近づけてきいた。「まず、何をするおつもりですか？」

「なにも思いつかない」僕は首をふった。

「ですよね……」ロジが頷く。「何をしたら良いのか、さっぱりわかりません。具体的なことは、なにも教えてもらえない。こんなのって、ありえないと思います」

「トランスファの通信記録が、そのうち届くから、それをコンピュータにかける」

「そんなの、わざわざここまで来なくても、できるじゃありませんか」

「それを処理しているのを見たい人がいるんだよ」僕は声を落として言った。

「それを承知で、演じるというわけですか？」

「演じるというほど、わざとらしいことはしないつもり、というか私にはできない」僕は微笑んだ。「何をどうするのかは、近くでないと観察できないからね。それで、わざわざ呼び出した。でも、何をどう考えるのかは、ここでするんだ」僕は、頭に指をつける。

「外から観察することは、今の技術でもかなり難しい」

「そうでしょうね」ロジは頷いた。「間近にいる私にも、グアトが何を考えているのか全然わかりませんから。今も、さっぱり理解できません」

8

動物園を出て、宮殿へ戻ることにしたが、まず湖畔に出るために、目指す方向に対して直角の道を歩いた。この島の道は、いずれも舗装され、しかも直線だった。昔からこのように整備されていたのかもしれない。おそらく、かつては島全体が、宮殿の庭園だったのだろう。

三百メートルほど歩くと、湖が見えてきた。道路が湖岸に沿って通っている。その道路からさらに下っていくと、岩場があり、また砂浜もあった。近くには大きな船は浮かんでいなかったが、対岸の森林や、点在する建物が見えた。空は天候が崩れそうな雲行きだ。夜は雨になる予報である。

道路には、クルマが一台も走っていない。この島にはコミュータが何台くらい稼働しているのだろう。そもそも、昼間の人口はどれくらいだろうか。研究所と動物園に勤務する人が大部分であることはまちがいない。多く見積もっても、数百人といったところだろうか。

真《ま》っ直《す》ぐの道路を三人で歩いていく。セリンが周囲を見回り、ロジは空を見上げることが多かった。どこかから敵が襲ってくる、と考えるのが彼女たちの仕事である。気温が少し下がったようだが、風は止《や》んでいて、寒いというほどではなかった。

「オーロラが手伝ってくれたら、作業が捗《はかど》るのに」僕は呟いた。

「伝えておきます」ロジは応《こた》える。「ドイツ情報局が見張っているので、たぶん、無理だと思いますけれど」

オーロラは人工知能であり、彼女がこちらで仕事をすれば、データの処理の様子が、ドイツ情報局に知られてしまう危険がある。かといって、データを日本側へそっくり送ることは、ドイツの許可が下りないだろう。

何故このように不自由な状況になるのかといえば、それは人間という動物が、常に鬩《せめ》ぎ合いを好むからだ。他者を出し抜こう、自分の拙《つたな》さを隠そう、と余計な労力を使う。結局は、自分がどう思われているか、という他者の評価を気にする。これが自由に活動することに対して大きな摩擦として働く、といったメカニズムだ。意地を張り合い、牽制《けんせい》し合う、そんな子供どうしの立回りを、グループどうしでも、国どうしでもしようとする。そのための損失はいかほどか、と溜息が出るほどだ。

どんなところにも、反目する勢力関係が成立している。意見の違いだけで対立しているのではない。対立のために、相手の言動の揚げ足を取る。対立しなければ、自分たちのアイデンティティが損《そこ》なわれる。きっと、そちらの方が恐怖なのだろう。何十年も生きてくると、ああもう、そんなこと、どうだって良いじゃないか、という気持ちになるのだ。

人生が何倍にも伸びて、老人ばかりになったのに、僕が抱いているような気持ちは、何故かまだ一般的ではない。結局は、いつまでも対立は続いているようだ。そういう様式というか、そう……、伝統になってしまっている。

人工知能は、こんな無駄な争いをしないだろうか。否、おそらくまだ、どこかに人間の遺伝子が紛れ込んで、別の対立を生むのだろう。現に、電子界では、既にそういった対立関係が確認されている。

無駄なものだと、早く気づいてほしい。人間よりは早く演算が行き着くはずだが、はたして上手《うま》くいくだろうか。導くものは、人間か、それとも人工知能か。

「メッセージが届きました」ロジが顳顬に片手を添えて言った。「夕食についてと、データのことです。夕食は、部屋へ六時に届くそうです。私が、三人だけで、とお願いしたからです。データは、既にコンピュータに転送されたので、解析をいつから始めてもらっても良い、ということです」

「三人だけにした理由は？」僕は尋ねた。

「勤務時間外だからです」

「データの解析は、明日から始める、と伝えておいて」僕は答えた。

宮殿が近づいてきたところで、やはり湖にもっと近づきたくなった。僕は海が嫌いだが、その理由は、波に恐怖を覚えることと、あの潮の香りがどうも生理的に馴染《なじ》めないことだった。湖なら、この両者がないのだから、比較的良好な環境といえるだろう。

岩場が途切れる場所で、傾斜の緩い砂浜へ下りていった。波はないと思っていたが、それでも水辺は動いていた。数メートルのところまで近づくと、水の香りというのか、やはり水に溶け込んでいる大量の有機物の存在を感じさせた。

比較的近くに四艘の船が浮かんでいた。大きいものは観光船だろうか。一定の速度で動いている。小さい方はヨットやボートのようだ。ヨットはほとんど動かない。今は風がないことに気づいた。

「こういった珍しい風景を見ると、ヴァーチャルにいるような気分になるね」僕は呟いた。

「ヴァーチャルだったら、もっとアトラクティブですよ」ロジがすぐ横に立っている。「ジェットボートも突っ走っているでしょうし、ウィンドサーフィンか、パラグライダをこれ見よがしに楽しむ人たちがいるはずです」

「これ見よがし？　古い言葉っぽいね。リアルの平凡さに飽きてしまった人が、ヴァーチャルを作ったからだよ」僕は言った。「そのヴァーチャルに飽きた人たちは、リアルに戻ってくるだろうか」

「なんでもヴァーチャルでできてしまったら、リアルでやる気がなくなります」

「そう？　というか、やる気が必要かな？」僕はきいた。

「必要ですよ」ロジは頷いた。「深呼吸して、息を止めて、さあって、立ち向かうときがあるものです」

「立ち向かうか……」僕は彼女の言葉をまた繰り返した。

僕が立ち向かう相手は、僕の頭の中にあるものだ。それは、リアルに根づく問題であったとしても、既に僕のヴァーチャルなのではないか、と連想した。「たとえば、恋人を愛おしく感じるのだって、自分の頭の中に投影されたシンボルが、感情や理解の対象となっているように思うけれど……、どう？」

「実際に会わなくても良い、ということですか？」ロジが首を傾げた。

「極端な場合は、そうだと思う。リアルをリアルとして認めるのだって、すべて頭脳が作ったルールだからね」

「でも、ヴァーチャルで起こるものは、事象の分子レベルまでを演算したものではありませんよね。どこかで、適当な乱数でばらつかせているだけです。それから、そう、奇跡も作り出せますよね。人が望むものは、すべて実現できます。超能力に憧れている人たちは、全員超能力を使えてしまう。それを規定するとしたら、ルールで不自由を課すしかありません。だんだん、その不自由も解放されているみたいです。いずれ、どこまでも自由になって、なにもかも手に入れることができるようになる。全員が超能力を手に入れたら、それって、超能力でしょうか？　きっと、それがノーマルになって、長く生きている人ほど、飽きてしまうのではないでしょうか？」

「私は、君よりも長く生きているけれど、今のところ飽きたことはないよ。超能力が欲しいとも思わない。ただ、もっと考えたいというか、もう少し頭脳がクリアになって、早く思いついてほしい、と願うだけだよ。インスピレーションを強化する超能力なら欲しいな」

「そもそも、グアトと私は、生きているリアルが違うのですね」ロジが眉を寄せた。

彼女のその表情はほんの一瞬だったけれど、僕の脳裏に焼きついた。

第2章　死ぬまでは生きている　Alive until death

まさしく妖精《ようせい》の国。空想のかなたの桃源郷《とうげんきょう》である。茂った植物は頭上で接してからみあい、天然の緑廊《りょくろう》をつくっている。金色の薄明につつまれたその緑のトンネルのなかを、緑の透明な川が流れている。それだけでも美しいのに、枝葉を通過してやわらいだ鮮やかな光がさして不思議に色づいて見える。水晶のように澄み、鏡のように静かで、氷山のように淡い緑色。それが葉のアーチの下を前方へ延び、パドルで漕《こ》ぐたびに輝く水面に無数の波紋が広がる。驚異の世界への通り道にふさわしい。

1

翌朝の八時半に、僕とロジは地下の研究所へ出勤した。僕のために用意された棺桶のある個室だ。セリンは、宮殿の周囲を見回ってから来ることになっている。昨日と同じように、棺桶の蓋を開けたままにして、片手をロジが触れている状態で、僕はヴァーチャルにログインした。リアルのコーヒーをすすりながら仕事ができないのは、少々慣れないコンディションといえるが、楽器を作る地味な作業にも、最近飽きつつあったので、今のところは新しい環境を歓迎したい気持ちだった。

研究所や動物園の周辺のルータに残っていた痕跡は、ドイツ情報局が収集したデータである。一カ月まえの事件でトランスファが活動した証拠だ、とドイツ情報局は見ている。また、同じ形態のものが、その後もときどきこの近辺で発見された。追跡するプログラムを放つことで、これらが網にかかる結果となった。

ただ、それらの信号が、何を意味するものなのか、つまり、トランスファが何をコントロールしようとしていたのか、という目的や、その対象物がわかっていない。

「データの経路などからして、場所がこの近辺であることはまちがいありません」手伝ってくれている人工知能のヤーコブが言った。「波形解析を試みていますが、少なくとも人工物が相手ではないことは、九十五パーセント以上確かです」

僕は、その波形を五次元表示させて、角度を回転させながら観察した。久しぶりの作業だが、すぐに感覚が蘇《よみがえ》ってきた。

「ウォーカロンの頭脳に指令を送る信号波に似ている」僕は呟いた。トランスファがウォーカロンをコントロールするときに使う信号波は、すなわち人間の頭脳が筋肉を制御するときの神経波を真似たものだ。個人差はあるものの、基本的な波形と、そこに信号が変調して乗り込むパターンが、脳と神経の細胞群の構造に起因していることでは、同一だからである。

トランスファの存在が知られて以来、既に多くのデータが収集されているので、これらは体系化され、同時に、より収集しやすくなっている。

「人間のウォーカロンではなく、動物のウォーカロンだとの断定が可能と思われますか?」ヤーコブがきいた。「我々は、その可能性しか残されていない、という判断に傾きつつあります」

「この研究所には、これと同じか、類似《るいじ》する状況を再現するような資料があるのでは?」僕は尋ねた。「動物のウォーカロンがいませんか?」

「確認されていません。しかし、可能性は否定できません」

「情報局と研究所の関係は?」僕は続けて尋ねた。

「意志の疎通ができているか、という意味でしょうか?」

「良好な関係か否か」

「私には総合的な評価はできません。情報局は、研究所全体を詳細に到《いた》るまで理解しているとはいえません」

「協力を求めましたか?」僕はきいた。

「いいえ。私の判断だけでは、それは実行できません」

「では、私が頼んでみましょうか」僕は言った。「全面的にとはいえないまでも、なんらかのデータが得られるかもしれない」

ヤーコブは黙っていた。彼は僕をじっと見据えて無言で頷いた。お願いします、という言葉にすることは、彼には実行できないテリトリィになるようだ。

しばらく、データ処理を行うプログラミングに没頭していたが、片手に圧力を感じた。僕は自分の手を見て、ああそうか、ロジが握っているのか、と気づき、そこでログオフした。

リアルに戻り、棺桶から起き上がるのをロジに手伝ってもらった。

「もしかして、ずっと握っていた?」僕は尋ねた。

「そこまで暇ではありません」ロジが素っ気《そけ》なく答える。「あまり長時間は良くないと思います」

「あぁ、そうだね。ヴァーチャルではなく、リアルでコンピュータが使えるようにモニタを用意してもらおうかな」

「それが良いと思います。私もお手伝いできます」

ロジはヤーコブに会っていないことを思い出し、どんな人物で、何の話をしたのか、少し説明をした。ヤーコブが男性の姿であることに、ロジは驚いたようだった。そういえば、人工知能は女性である場合がずっと多い。これは、機械類に対して女性名をつける西欧の習慣に基づいている、と聞いたことがある。

セリンが部屋に入ってきた。

「外は異状ありません。平和な場所です」そう報告した。

セリンはウォーカロンである。ここで問題となっている、動物のウォーカロンについての話題に、彼女は複雑な印象を持つのではないか、と僕は考えた。昨夜、その点を少し尋ねてみたのだが、セリンは、全然そんな考えはない、と微笑んだ。

「私が特別なのか、それとも、みんながそうなのかわかりませんが、自分の生立《おいた》ちを重く背負っている人の方が、むしろ不思議な存在に感じます」セリンはそう話した。「私は、自分がウォーカロンだなんて、普段は完全に忘れています。人間は、常に自分が人間だと意識しているものですか？」

「いや、意識しない。自覚を忘れてしまえる方が正常だと思う」僕は答えた。「なにかのときに、ああそういえば、と思い出す程度で充分だよ。それは、人間でも、人種とか家柄《いえがら》とか、ああ、そういえば、自分はそうだったな、とたまに振り返るものだと思う。もう見えないくらい遠くのものなんだ。無理に思い出す必要もない」

「人生が長くなっているのですから、そういう方向へシフトしていくと良いですね」ロジが言った。「過去を振り返って、忘れないようにしようという式典が多いようですけれど……」

「あれは、過ちを忘れないように、ということだと思う」僕は言った。「過ちというのは、忘れたから繰り返すものだとは思えないけれどね」

そのあと、またヴァーチャルにログインして、作業の続きを行った。コンピュータが結果を算出して、僕を待っていた。

「信号波は、一種類ではなさそうだ」僕は呟いた。「試行錯誤をしている段階かもしれないし、あるいは、複数の種類の動物がいるのかもしれない」

「その可能性は大きいとの演算結果と一致します」ヤーコブが言った。

「ところで、これだけの痕跡が残っているのに、記録された映像データは、ほとんどない。徹底的に削除されていた、ということになるね」

「そのとおりです」

「この事件を起こした側は、何をそんなに恐れているのかな？　トランスファの痕跡が残っているのと対照的だと見えるけれど、この点はどう？」

「情報が不足しているため演算できません」

「そうかな……。簡単だと思うよ」僕は指摘した。「事件の犯人は、それほど気にしていなかった。だから、トランスファの信号が残されたままだった。一方、周辺の映像データを徹底的に消し去ったのは、また別の意志だということ」

「その推論は妥当だと思われます」

「それをしたのは、情報局ではないね？」僕はヤーコブにきいた。

「はい、違います。もし、情報局ならば、我々は犯人の存在を現在より詳細に把握しているはずであり、警察と連携して、既に事件を解決していることでしょう」

「うん。そう考えるのが普通だ」僕は頷いた。「わざわざ、私を呼ぶような必要もない。この動物をコントロールする技術は、ドイツにとって国家機密といえるレベルのものかもしれない。他国の人間に詳細を調べさせるよりも、まずはデータをすべて消去し、完全に封印した方が効率的だ」

「そのとおりです」ヤーコブは頷いた。

「考えられる可能性として、この研究所で行われていた研究を、情報局は疑っている。自国の利益にならない可能性も懸念している。どんな部類のもので、どのような効果があるものか、その価値を測りかねている。潰《つぶ》してしまうのか、それとも取り上げて活用するのかを迷っている。その見極めをしようとしている。そうだね？」

「ご明察です」

なかなか素直に返事をしてくれる、と不思議に思った。これくらいの推論をされることは、想定済みだということになるだろう。

新たなプログラムを作って実行し、信号波の解析を何種類か試すことにして、僕はログオフした。

2

棺桶から出ると五分もしないうちに、部屋にランチが運ばれてきたが、ワゴンと一緒にキンケルがやってきた。

僕は、コンピュータのモニタなど、いくつかの機材を使いたいと説明した。彼女は、午後にも設置させます、と答えた。

それから、ロジにコーヒーをさきに淹れてもらい、それを口にしながら、切り出した。

「ここでは、動物のウォーカロンに関する研究を行っていますね？」

「どんなレベルのものかによります」キンケルは答えた。あらゆるレベルを含めるなら、どの研究も関連しているといえなくもない。

「たとえば、現在、動物のウォーカロンがここにいますか?」僕は質問を変えた。

「それも、レベルによるかと」

「いないわけではないのですね。ラットですか? もっと大きなもの?」

「私は、詳細を完全には把握しておりませんが、ラット程度であれば、いると思います。つまり、人工的に繁殖させたラットに対して、脳細胞に操作を加える、すなわち電子的な回路や機器を付加的に移植する、といったレベルのものであれば……」

「では、それらの脳波、神経信号を記録することができますね。当然ながら、それと肉体的な運動の関連を同時に測定するはずですが」

「はい、可能だと思いますし、既にその測定が行われているでしょう」キンケルは頷いた。「博士がおっしゃりたいことは理解できます。それらのデータがあれば、事件のときのデータと比較ができる、という意味ですね?」

「協力をお願いしたいのですが」

「わかりました。すぐに探します。どれくらい時間がかかるかは、のちほどお知らせいたします。長くはかからないものと、私は思います」

「そのデータは、情報局には知られたくない、とお考えでしょうか?」僕は別の質問をした。

「いいえ、私はそうは思いません。広く公開するのは不利益が伴うかもしれませんが、情報局であれば、他所《よそ》へ漏洩する心配もないでしょう」

僕は頷いた。キンケルは、軽く頭を下げると、部屋を出ていった。

僕たち三人は、ランチを食べることにした。フランス料理に近いものだった。フィッシュがあったが、湖で獲れたものかどうかはわからない。ナチュラルではない可能性の方が高いだろう。それでも、文句の言えない味だった。

「あの、釣りをしていて襲われた人について、調べてみました」食事がだいたい終わった頃、セリンが話した。「地元の報道局のサーバに入って、探してみました」

「それは、合法的に?」僕はきいた。

「情報局員としては、合法的に」横からロジが代わりに答えた。「窓から他人の家の中をちょっと覗くレベルです」

「ジョン・ラッシュというイギリス人の技術者で、こちらに別荘を持っています。湖畔に彼の別荘があって、夏の間はこちらで過ごしていたそうです。モータボートも所有しています。その別荘の住所もわかりました」

「家族は?」

「いえ、一人で来ていたそうです。年齢は百三十七歳でした。イギリスへアクセスすれば、もっと詳しいデータが見つかると思いますが」

「そうか……。どうして、その情報は一般公開されなかったのかな?」

「遺族の意向だったのでは？」ロジが言った。「まだ亡くなっていないからでしょうか」

「そうだね、無残な状況だったから、広く知られたくないと考えるのも無理はないかな」

ノックがあって、返事をすると、ツァイラ刑事が訪れた。

「いかがですか？　なにか新しいことがわかりましたか？」彼はきいた。

「まだなにも」僕は即答する。「今朝から始めました。始まったばかりです」

「私は、一旦この島を離れます。現場には警察の者が常駐しています。動物園で失踪《しっそう》した人物も、もうとっくに遠くへ行っているはずです。手配の範囲を広げないといけません」

「その失踪したスタッフが、それ以前に窃盗などを繰り返していた、と見ているのですか？」

「その可能性が高いと考えています。失踪後には、窃盗はなくなりましたからね。なんらかの証拠を発見されたか、新たな犯行を目撃されたため、警官を殺害した。もう逃げるしかなかったのでしょう」

「しかも、入念に映像記録を消去している」僕は指摘した。

「そうですね。個人の犯行としては手際が良すぎる気はします。単純な犯行ではありません。どちらにしても、もうここにはいられなくなったから逃走したわけです」

「動物も一緒にいなくなっているのは？　逃げるには、湖を渡る必要があります。飛行機は発見されやすい。音がしない小さなボートかな……。いずれも、動物を乗せるのは無理ではないでしょうか。何故わざわざ連れていったのか？」

「可愛《かわい》がっていたから、連れていったのでしょう」ツァイラは小さく首を竦めるような仕《し》草《ぐさ》を見せた。

「簡単に飼えるものではないし、殺人犯だったら、長期間どこかに潜んでいなければなりませんが、その逃亡生活においても、大きな動物は邪魔になるのでは？」

「まあ、それはそうかもしれません。あるいは、動物は連れていかず、ただ逃してやっただけ、かもしれません」ツァイラは言った。「これは、警察の統一見解ではありません。私個人の単なる想像ですが」

「なるほど。それで、生きていればあとから迎えにくるつもりだったのですね。でも、それが人を襲ってしまった、ということでしょうか？」

「その可能性があると思います。待ち合わせ場所で、約束の時間に現れる、なんてことは不可能でしょうから」

「そうでしょうか」僕は微笑んだ。一概に言えないのではないか。なにしろ、トランスファによってコントロール可能かもしれないのだ。「そもそも、ウォーカロンで通信機能を備えているなら、どこにいるのか、飼い主ならわかるはずです」

「そのとき連れ出された動物が、ウォーカロンだったかどうかは不明です」ツァイラは言った。

彼が出ていったあと、しばらくして、ロジが話しかけてきた。

「結局、警察はウォーカロンの研究には興味がなくて、警官を殺した犯人を捕まえたい、ということのようですね。動物園からいなくなったスタッフが第一容疑者のようです」

「その人についてのデータは?」僕はセリンに尋ねた。

「一般公開されていません。動物園のスタッフも、こちらの研究所も、職員リストは非公開なので、誰がいなくなったのか、確認ができません」セリンはそう答え、ロジを一瞥《いちべつ》したあと僕にきいた。「調べてみましょうか?」

「情報局員の常套《じょうとう》手段で?」僕は尋ねた。

「はい」セリンはこくんと頷いた。

3

夕食は、どこかのレストランへ行こう、と僕は思いついた。せっかく観光地に来ているのだ。夕方になってロジに提案したところ、一瞬むっとした表情で黙られてしまった。もちろん、彼女にしてみれば、僕の安全が第一だからだろう。

「島内には、レストランはありません」ロジが冷たい視線のまま言った。

「もちろん、湖を渡って……」

「どうやって？　泳いでいくのですか？」これは皮肉だろう。機嫌が悪いのは、仕事モードのときの彼女の特徴である。ちなみに、僕が泳げないことを、彼女は知っているはずだ。

これ以上押さない方が良いと判断し、また仕事に戻ったが、三十分後にリアルに戻ると、ロジが、ボートをチャータしました、と話した。

「ボートのコミュータがあるの？」僕はきいた。

「あります。ただ、水陸両用ではなく、上陸したら乗り換えないといけません。水陸両用を作るより、連携させる方が経済的だからです。両用にすると、使わない無駄な装備を運び続けることになります」

「あ、そうなんだ」素直にロジの蘊蓄《うんちく》に耳を傾ける。

「乗り換える必要のない、湖畔にあるレストランを予約しておきました」

「ああ、嬉しいな。ありがとう」僕は、少しオーバに両手を広げた。ロジの機嫌が改善されることを祈りつつ。

「警察には、いちおう知らせておきました。警備をしてくれるものと期待して」

「君たち二人に比べたら、ほとんど誤差範囲では？」

「おだてられても全然嬉しくありません」ロジが無表情で答えた。

「君は、電子界の反社会的勢力が、猛獣を操って僕を襲わせる、と考えているんだね」

「そうは考えていません。前半は正しいと思いますが、猛獣を使うなんて非効率です。ミサイルを打ち込んでくるだけのことです」

「そのとおり。同感だ」僕は言った。「むしろ、思いつき優先で、予定を急に変更して、場所をころころと変えた方が安全だと思う」

「ですから、ボートもレストランも……」ロジはそこで言葉を切り、溜息をついた。「いえ、失礼しました。少々感情的になっていたようです」

仕事にキリをつけて、三人でエレベータに乗った。宮殿の玄関から外に出ると、太陽は既に沈んでいて、建物周辺の照明が灯《とも》っていた。しかし、空にはまだ明るさが残っている。

湖の方へ歩いた。石畳、舗装された道路、あるいは人工石が敷き詰められた場所などを進む。少し離れたところを歩いている人影が認められた。クルマは見当たらない。

桟橋《さんばし》に到着した。初めての場所だ。ロジが予約したボートが待っていた。小型だが、二人並んで座ることができるシートが三列あったので、六人乗りである。いちばん前にセリンが一人で座り、その後ろに僕とロジが並んで腰掛けた。

ボートは、桟橋とのリンクを解き、後退したあと、前進に転じ、斜めに傾きながらカーブして走った。真っ直ぐになると、さらに速度を上げ、湖の上を疾走した。正直に言えば、もっとゆっくり走る乗り物にしてほしかった。ゆっくり走れと指示をすれば良いだけかもしれないが。

水面は、ほとんど真っ黒だった。水中からなにかが飛び出してきたら、どうしたら良いだろうか。ボートが転覆するようなことがあったら、大変だ。ライフジャケットも着ていない。頼りになるのはロジだけである。浮いていられる自信がない。実に心細い。早く陸地に到着しないか、と祈るしかなかった。

なるべく下を見ないように、空を眺めることにした。まだ星は少ない。一等星だけが現れている。星を眺める動物は、地球上では人間だけだろう、と想像した。人工知能はどうだろうか。

レストランの明かりが近づいてきた。

湖の上に張り出したウッドデッキがあり、また、そこから一段下がった高さの桟橋が延びていた。ボートはその桟橋で停《と》まった。クルーズは十分もかからなかった。無事に渡れたのは幸いだったが、あとでもう一度渡らなければならない。そのときは、もっと暗くなっているだろう、と想像した。

桟橋を歩き、木製の階段でデッキに上がった。円形の白いテーブルが八つ。テーブルの中央には折りたたんだパラソルが差し込まれている。そのそれぞれに椅子が配置されていて、既に四つのテーブルには客が着いていた。レストランの建物の中も、ガラス越しに見ることができ、室内の方がずっと明るい。そちらでは、ほとんどのテーブルが客で埋まっていた。流行《はや》っているようだ。

誰もいないテーブルに着くものだと思っていたら、デッキの一番端にあるテーブルへロジは近づいた。そこには、一人の女性が既に座っていたが、こちらを見て立ち上がった。

古風なデザインのミニスカートで、髪は銀色で長い。腕も脚も細く、健康的とはいえない。背はロジよりも高かった。

「助っ人《すけっと》を呼びました」ロジが僕に囁《ささや》いた。「ペネラピです」それが、彼女の名前らしい。しばらく、スケットという単語の意味を考えたが、日本語だとわかって一人で小さく吹き出した。ペネラピと軽く握手をしてから、彼女の隣の椅子に腰掛けた。反対側にロジが座り、対面にセリンが着いた。

「助っ人って、どういう意味?」僕はロジにきいた。「どこからの助っ人?」

「日本です。私が呼び出して、彼はわざわざ飛んできたのです」ロジが答えた。

「飛んできたんだ」僕は笑った。「え? 彼?」

振り返って、ペネラピを見た。

まったく見覚えがない顔だが、じっと目を見つめていると、口の形を少し変えた。その表情の変化に心当たりがあった。かつてロジの部下だった局員だ。

「そうか、君か……」僕がそう言うと、彼も小さく頷いた。「手を見せてくれないか」

ペネラピは、膝《ひざ》の上で、両手の平を上に向ける。右手も左手も、同じ大きさだった。また取り替えたようだ。顔を見ても、左右の目は同じだった。以前とは違っている。着ているワンピースは躰にぴったりで、武器を隠し持っているとは思えない。

「全然助っ人に見えない」僕は言った。「ワニと戦える？」

ペネラピは表情を変えない。僕は思わず目を逸《そ》らし、ロジとセリンを見た。なにも知らない第三者が見たら、四人の中で僕がいちばん武闘派に見えるだろう。このように相手の目を欺くことが、情報局員のやり方なのだ。

料理も既に予約されているようで、ロボットの店員が飲みものだけ注文を取りにきた。グラスがそれぞれの液体で満たされたところで、僕たちは乾杯をした。ロジと僕の飲みものは、同じボトルから注がれたものだ。

「えっと、彼が来ることは、ミロフ氏やキンケル氏に知らせてある？」僕はロジに尋ねた。

「いいえ、これから知らせます」ロジは答える。「事前には知らせない方が良いと判断しました」

大皿に乗ったサラダと大きな節足動物を調理した料理も運ばれてきた。湖で獲れたものではなく、工場で養殖されたものだろう。それでも、珍しいものにはちがいない。

「これの巨大なやつだったりして」僕は冗談を言った。

「何がですか？」ロジが首を傾げる。「ああ、人を襲った例の動物が？」彼女はそこで一瞬笑った。「ありえないとは言えませんけれど、でも、人を襲うでしょうか？　肉食なのかな……」

「このハサミは、かなり強力な武器になる。固い鎧《よろい》だって切り裂くし、銃の弾も跳ね返すかもしれない」

「いえ、それはありえません」ロジが首をふった。「これが、大きくなったら、動けないでしょう、脚が細いわりに躰が重くて、水中から出られないはずです」

美味《おい》しいので、しばらく四人とも黙った。ペネラピはもともと無口なので、それがデフォルトである。

「ほら、やっぱり外に出てきて良かったじゃないか」僕はロジに囁いた。「こんな料理、なかなか食べられないよ」

「それほど頻繁に食べたいとは思いません」ロジが言い返す。

「そうだ、こういうのは、是非ヴォッシュ博士を誘いたいシチュエーションだね」僕は思いついた。ドイツの大科学者だが、美味しい料理に目がない人物だ。「そうか、今回のことは、ヴォッシュ博士に相談すべきだった。あ、これはまずいのかな。もしかして、ドイツ情報局は、ヴォッシュ博士に相談できない理由を持っているのだろうか」

「ずばり、おききになったらよろしいのでは？」ロジが言った。二人の情報局員がいるため、普段の口調よりも丁寧だ。そういえば、昔の彼女はこうだったかな、と懐かしく思った。

「そうだね、明日、ミロフ氏にきいてみようか、その機会があれば」

一時間半ほど、そこにいただろうか。会計も済ませて、そろそろまた、あのボートに乗って島へ戻ろうか、と思ったときだった。実際、セリンとペネラピは、椅子から立ち上がっていた。二人とも、なんらかの兆候に気づいて立ち上がっていたのだ。

4

まず、鈍い音が聞こえた。

それと同時に、ロジが僕の手首を強く摑《つか》んだ。

次に、立っている場所、つまりウッドデッキが揺れ動いた。

ウッドデッキは端から持ち上がり、その近くにいた人たちが悲鳴を上げて逃げる。倒れる者、投げ出される者、転がるようにして這《は》う者。

一人が、湖に投げ出され、また誰かが高い声で叫んだ。

僕たちのテーブルは、幸いにして、その騒動から一番遠かった。デッキの半分は捲《まく》れ上がり、木材がばらばらになったが、手前の半分は無事だった。

また、大きな音がして、壊れたデッキの下から、突き上げるように水が立ち上がる。

セリンとペネラピは、そちらへ前進し、逆に僕はロジに引っ張られて後退した。

デッキの下から盛り上がろうとする水が、方々に当たって跳ね飛び、白い飛沫がすぐ近くまで飛んできた。

人々は、建物の方向へ移動する。

湖に落ちた人を助けようと、デッキの端の手摺《てす》りで一人が身を乗り出していた。上半身を曲げ、下を見ている。

なにかがデッキにぶつかって、またもデッキが持ち上がった。下になにかいるようだ。水の中にいる。

異様な音が響いた。

低い唸り声のような。

僕とロジは、デッキの手摺りを乗り越え、建物の壁に近づいた。既にデッキ上には、三人しかいない。左の先にセリン、右の端の手摺りの上にペネラピが立っている。セリンは銃を両手で構え、湖へ銃口を向けているようだが、ときどき、左右に腕を振った。ペネラピは武器を持っていない。ただ、手摺りの上に真っ直ぐに立っているだけだった。

中央の手摺りから身を乗り出しているのは、年配の女性のようだった。悲鳴に近い高い声でなにか言っている。水に落ちた人を呼んでいるのだ。

その女性の先の水面が少し持ち上がり、波紋が広がった。

低い唸り声が大きくなる。

「危ない！　下がって！」建物から、男性が叫んだ。

彼は、女性のところへ走り寄り、彼女を背後から摑まえる。女性は後方へ引っ張られ、尻餅《しりもち》をついた。

湖面に、なにか現れた。

ペネラピが、膝を折り、姿勢を低くする。今にも飛びそうな格好だった。

セリンが、中央に移動する。銃はいずれも前方の湖面に向けていた。

「撃たない方が良い」僕は叫んだ。

湖面から浮かび上がったものは、また沈んでいった。

「セリン、ネットをスキャンして！」ロジが囁くように指示をする。右手は僕の手首を握ったままだ。左手には、いつの間にか銃があった。

「見にいこう」僕はロジに言った。

「まだ危険です」ロジが首を一度だけふった。

それでも、静かになっていた。

もう、あの低い声が聞こえない。湖面の波も、小さくなっていた。

いつの間にか、ペネラピが近くに立っている。

「追いますか？」彼はロジにきいた。

「どうやって？」ロジがきき返す。

「あのボートで」ペネラピが指差した。僕たちが乗ってきた桟橋のボートのようだった。

ほかに船はない。

「いいえ。それよりも、落ちた人は？」ロジが言った。

「デッキの柱にしがみついてます。怪我はなさそうです」

「何だった？」僕は尋ねる。「見たよね？」

「カバでしょうか」

ペネラピはそう言うと、デッキの先へ離れていった。店員らしき若者が、ロープと救命浮き輪を持って出てきたからだ。ペネラピは、店員に、すぐこの下だ、と指示をしている。

代わりに、セリンがこちらへ近づいてきた。

「びっくりしました」彼女の目が赤く光っていた。「撃ってはいけないものですか？　怒らせてしまうと危険だったのでしょうか？」

「いや、わからない。動物の習性なんて知らない」僕は答えた。「殺して良いものかどうかもわからない。人間に危害を加えたり、その危険があるときしか、撃ってはいけないのでは？」

「たぶん、動物の種類によって違いますよね」セリンが言った。「今後は、麻酔弾を用意しないといけませんね」

「どれくらいの体重かによって、麻酔の量が違うんじゃないかな」僕は言った。「で、ワニだった？　ワニよりは大きかったのでは？」

「そうです。大きいワニだと思います」セリンは言った。「一トン以上あるのではないでしょうか」

「そんな大きなワニがいる？」ロジが口を歪める。

「ヘビではありませんでしたね。もっと太いというか」

「ペネラピはカバだと言っている」

「それはありません」セリンが首をふった。「もしかしたら、シャチかも」

「シャチ？　えっと……、魚？」僕は言った。

「いえ、シャチは哺乳類です」セリンが言った。一度後ろを振り向き、ペネラピの様子を見たようだ。再びこちらを向いて続けた。「ワニよりは、コントロールしやすいのでは？」

「トランスファの信号は？」ロジが尋ねた。

「スキャンしていましたが、なにも」セリンが首をふった。「信号は感知できませんでした。トランスファが近くにいたとは思えません。もちろん、デジタルの乗った電磁波もありませんでした」

「ということは、誰かがコントロールしていたのではないってことか」僕は呟いた。

湖に落ちた男性は、無事に救出された。浮き輪を受け取り、桟橋の方へロープで引き寄せられたようだ。

警察のクルマが、表の道路に到着した。救急車のサイレンも近づいている。しかし、今のところ大怪我をした人はいないのではないか。

建物の横まで移動すると、多くのクルマが駐車され、大勢の人たちが歩道からこちらを眺めていた。デッキが見える位置までは、隣の建物がある関係で入ってこられない。やがて、デッキに三人の警官がやってきた。湖を眺めている。今はなにも見えない。

僕たちは、このまま帰ることにした。いちおう、警官にボートに乗っても良いか、と尋ねたら、自分にはわからない、と首をふるだけだった。危険だからしばらく船に乗らないように、といった指示などはなかった。そういった対応は、まだなにも決まっていないということである。

桟橋へ行き、四人でボートに乗った。低い位置からデッキを見て、被害の大きさがよくわかった。修復には数日かかるのではないか。

「ここは、深さはどれくらい?」僕はセリンにきいた。

セリンはボートから身を乗り出して、水面に顔を近づける。測定しているようだ。

「何で測るの?」僕は呟いた。

「超音波です」セリンがシートに座り直し、こちらを向いた。「案外深いですね。五メートルから八メートルほどありました」

「大きい船が岸に近づけるように整備されているんだろうね」僕は言った。

この近くには、砂浜のような場所はなく、隣の建物も、岩の上に建っていた。この深さなら、相当に大きな魚でも近づけるだろう。

ロジが指示して、ボートが桟橋を離れ、向きを変えてから前進し始めた。

「シャチか……」僕は呟いた。「そんな動物が今もいるんだ」

「いいえ、絶滅したといわれています」セリンが話した。「えっと、百年以上まえに公式に発表されているようです」

「君、若いのに、よくシャチを知っていたね」

「お城の上にのっているのがシャチですよね」セリンが言う。

この場合、お城というのは日本の中世の城郭《じょうかく》のことである。天守閣の屋根の上にある飾り物のことだ。

「あれは、実物とはだいぶ形が違いますね」セリンが続ける。「ワニのような顔をしています」

「昔は、ワニというのはシャチのことだった、と聞いたことがあります」ロジが言った。

「何でしたっけ?　日本の昔話にワニが出てきますよね?」

しかし、誰もそれに答えられなかった。

「君よりも詳しい人はここにはいない」僕はロジに言った。ロジは古典が専門だったのだ。「シャチだとしたら、セリンがワニだと言ったのは、正解だったことになる」

「当たっても、あまり嬉しくありません」セリンが、眉を寄せて言ったが、すぐに笑顔になった。ロジが言いそうな台詞だった。彼女は、初めの頃に比べると、かなり人格が変化しているように観察される。これは、ウォーカロンに施されたポスト・インストールがリセットされてから特に顕著だ。こういった例を見ることは、この分野の資料としても非常に貴重だろう。

もう少しボートをゆっくり走らせてほしい、と来たときには感じたのだが、今は一刻も早く陸地に着いてほしい、もっとスピードは出ないのか、と言いたいくらいだった。ずっと黒い水面を見ていたが、背鰭《せびれ》が現れるようなこともなく、また、モータ音のおかげで異様な声も聞こえなかった。

ペネラピがグループに加わったことは、宮殿に到着してからミロフやツァイラに、そしてキンケルにも報告した。研究所の警備員は、この時間は人工知能だったが、ペネラピの身分証明を情報局に照会し、三分ほどで中に入る許可が下りた。

僕たちは個室に一旦戻ったが、セリンとペネラピは、すぐに外へ出ていった。周囲のパトロールのためだろう。

「さっき見たシャチが、あの動物園の檻にいたとは思えない」僕はロジに話した。

「でも、釣り人を襲ったのは、あれかもしれませんね。湖畔だったら……、可能性があります」

「動物園で警官を殺したのは、人間かな……」僕は呟いた。「はっきりいって、未知の動物よりも人間の方が怖いね」

「当然です」ロジは頷いた。「個人が特定されたとしても、武器を持っているし、思考能力も高い。どのような戦力や戦法を持っているかもわかりません」

5

ペネラピがどこで寝たのか、寝たのかどうかも、聞かなかった。朝には、もう彼は部屋にいなかった。警察のツァイラから連絡があり、昨夜の事件のことで質問をされた。どんな状況だったか、というような話である。

トランスファの活動を示す信号波が検出されなかったことを、ツァイラに報告した。これまでの事件とは違うということだろうか。もしかして、野生の動物が暴れただけなのか。

動物園と研究所とも情報交換をしたが、シャチのような水棲《すいせい》動物は、過去に動物園にいたことはない。同じ湖で、遠い方向の岸に水族館があって、そちらに問い合わせるとのことだった。

キンケル主任研究員からデータが届いた。人工繁殖させたラットから得られたもので、そのうちの三割ほどは、脳にチップが埋め込まれている、いわばウォーカロン化されたラットだった。

いずれも、神経の電気信号を測定したものだが、統一された条件で採取されたものではない。つまり、それぞれ別の実験から得られた記録である。もっとあるが、整理がされていないので、現在調査をしている、とキンケルはメッセージを添えてきた。昨日の今日のことなのに、迅速な対応をしてもらえて感謝している、と返事を送っておいた。

同時に、これらのデータが抵抗なく提出されたことに、僕は少々驚いた。これはつまり、現在はもう、この方面の研究は行われていない、ということだろう。現在進行中の研究ならば、これほど簡単に出てくるとは思えない。少なくとも担当者は、少し待ってくれ、と訴えるはずだ。既に重要性が失われているからこそ、他者に公開しても良い、との判断があった。というよりも、担当者が既にここにはいない。だから、その判断さえなかったのではないか。

さっそく、それらのデータを調べてみた。使えるものは二割程度だったが、ざっと形にして表示させただけで、似ていることがわかった。つまり、ウォーカロンが残していったと思われる信号波と類似点が多い。それは、周波数や振幅のレベルではない。すなわち数値ではなく、形である。

　形の認識というのは、波形解析において最も高レベルのものである。人間が目で見れば明らかに区別ができても、コンピュータ処理では判別が困難な場合がある。人工知能に多数のパターンを与えて学習させる方法が最も一般的だが、それには労力も時間もかかるうえ、最終的な精度が頭打ちとなる傾向にある。

　人間は、他者の顔を覚えるし、誰なのかをまちがいなく認識できる。また、声を聞いただけで、誰の声なのかも判別できる。これらをコンピュータが判別できるようになったのは、デジタル技術が誕生して半世紀もあとのことだった。

　だいたいの方針が決まったので、ヤーコブに指示をして、データの解析を進めることになった。それらの信号がどんな役割を果たしているのかは、人間の神経信号との比較で大方は判明するだろう。少なくとも傾向を分離し、分類は可能となるはずである。

　それから、分析しているウォーカロンの痕跡が、二つの事件のいずれのものだったかも、分けて考える必要があるだろう、と思い至った。その点の詳細なデータを要求すると、すぐに結果が届いた。思ったとおり、多くは一カ月まえに動物園の周辺で採取されたデータだった。

　二つめの釣り人の事件では、数が少ないばかりでなく、記録時間が細切れで、短いものがほとんどだった。削除を行った残りなのかもしれないし、あるいは、まったく別の電子活動だったとも考えられる。

つまり、昨晩のシャチと同様に、水辺で発生した事件では、ウォーカロンがかかわっていない可能性がある。

一方、動物園の事件は、動物をコントロールして行われたものだとの確信が強くなった。動物園にはシャチはいなかった。やはり別の猛獣なのではないか。

午前中に、そこまで作業が進んだ。新しく用意されたモニタを使って解析を行ったので、効率が高まった。モニタの前で指を動かし、また言葉を話す口の形を見せるだけだ。それらが一段落したところで、棺桶に入って、ヤーコブと話すことにした。やはり、会話や議論は、顔を見てしたいという自分でも理不尽だと思える欲求を感じたからだ。

「昨夜の騒ぎは、今回の調査に関係があると考えていますか?」僕は尋ねた。

「得られたデータを分析中です。撮影された多数の映像があり、その処理をしています。グアトさんのおっしゃるとおり、陸上の動物とは思えません。今回に限って見れば、ロボットである可能性が最も高いのですが、その場合、逆に目的が最も不明となります。器物損壊を狙ったとは考えられず、単に騒ぎを起こすだけというのも説得力がありません」

「信号波が検知されなかったのは何故だと思います?」さらにきいてみた。

「プログラムされたもの、との推定が有力です」

「リアルタイムでコントロールされていたのではなく、あらかじめ設定された動きだったというわけですか？」僕は話した。「それなら、花火でも仕掛けておくだけで用が足りますね」

「一連の事件を通して見たとき、複数の動物を使っていることが明らかであり、また、自分たちの戦力を誇示したい意志が感じられます」

「テロのようなもの？　犯行声明はありましたか？　脅して、なにかを得ようとしているのなら、そういった要求がもう出てきてもおかしくないような気がしますが」

「情報局と警察は、現在までにそのような連絡を受けていません。しかし、今後そういった事態になる可能性は高いと演算されます」

「どれくらいの確率ですか？」

「十五パーセント前後です」

「高いというのですか、その数字を」

「低いとは評価できません」

「話題を変えましょう」僕は話した。「そもそも、動物のウォーカロンは、どのような利用価値があって、研究開発が行われているのでしょう？」

「正式なプロジェクトとして、国家予算に計上されたものはありません。民間メーカの独自の活動だったと考えられます。人間のウォーカロンよりは低コストで生産できることがメリットです」

「でも、パフォーマンスは人間の方が高いのでは?」

「場合によります。たとえば、ジャングルなどのゲリラ戦を想定した場合、人間以外の動物の運動能力が求められる場合があるようです」

「ロボットよりも、低コストだということですか?」

「そうです。そういう時代がありました。百年以上まえのことです。今では、そのメリットは薄れていると考えられます」

「でしょうね」僕は頷いた。

「ただ、人間の頭脳を移植した場合は、パフォーマンス的な問題の多くは解消されます」

「そんな研究が? それは、倫理的に抵抗があるのが普通だと思います。世界政府が認めないのでは?」

「それに近い条約が既に多くの国の間で結ばれています。事実上は違法となります。しかし、その条約に参加しない国もありますし、また、違法な活動を行うテロ組織もあります。そういった意味では、商品価値は保持されているものと予想されます」

「なるほど、では、国立の研究所で、もしそんな研究が行われていたら?」

「大きなスキャンダルになります」ヤーコブは言った。

「それを暴くのは、警察か情報局か、どちらの役目ですか?」

「私がお答えできる問題ではありません。一般に、検事局が警察か情報局を動かすことになります。個人の利益追求が目的の違法な活動を阻止することは正義です」

ランチは、宮殿の居室に戻って食べることにした。セリンとペネラピはいなかった。ペネラピが宮殿の外で警備を担当し、セリンは、動物園に調査に出かけているそうだ。

「何を調べに？」僕はロジに尋ねた。

「知りません」彼女は首をふった。「日本の情報局も、独自に動いているのです。ここの動物園での研究に関心を持っているのだと思います。施設内に入るときは、正式に許可を得るようにしているはずですから、内密なものではありません」

「そうか、私が調べてほしいと指示したことになっているわけだね？」僕がきいたら、ロジは無言で小さく頷いた。

そういう意味でも、僕とロジをここへ送り込む価値があった、と当局は考えているだろうし、同時にドイツ情報局も、多少のことは許容しようという姿勢なのだろう。それぞれが、それぞれの利益のために行動するというのは、人間社会の基本的な合意といえるものだが、他者の利益を大きく侵害しないことが条件となる。

今回の場合、国として不利益になるとの判断があって、情報局が捜査に加わった可能性は高い。異国の研究者を使ったのは、戦略的なものだったのではないか。

「私は、トラとかライオンのような猛獣をイメージしていました」ロジは食事を終え、カップを持って窓際に立っていた。「やはり、運動能力からして、最も戦力になるからです。あの大きな檻を見たときに、そう思いました」

「人間を襲って、食べてしまうというのは、やっぱりそうだね」僕は言った。「トラもライオンも、野生のものは絶滅しているよね？」

「そうだと思います。ロボットでしか見たことがありません。猫科の動物は、戦闘ロボットのデザインに応用されています。前世紀には、実際に戦場に投入されたようです。ロボットの場合、プロトタイプよりは、少し大きめに作るようです。強力な武器を搭載するためです」

「今は、そういうのはいないわけだね？」

「もう使われていません。ほとんど意味がありません。地上であっても、飛行可能なものが主力となりました」

「自然界では、あの形が最も攻撃力があったんだね」僕は頷いた。「当時は、人間の頭脳に相当する判断力を個々に持たせることはなかったわけ？」

「それも、たぶん必要性が認められなかったのでしょう。部隊があれば、リーダに思考力と判断力があれば充分です。兵士が個々に考える必要はなかったと思います。自律の最低限の機能だけの方が、エネルギィ的に有利でした。人工知能はエネルギィを消費します」

「今はそれが、肉体をなくして、トランスファになった。頭脳は電子界に存在している」

「そういうことですね」そこまで言って、ロジは黙った。

片手を顳顬に当て、持っていたカップをテーブルに置きにきた。その手を僕に向けて開いて、少し待ってくれ、というサインだった。

僕は自分のコーヒーを飲んで、しばらく待った。そこで一つ思いついたことがあった。そういえば、セリンが水深を測るのに超音波を使っていたな、と思い出したからだ。

「オーロラから暗号でメッセージが届きました。ちょっと待って下さい」ロジが言った。

「今、解読します」

また、五秒ほど待たされた。日本の情報局からの通信だが、少々高い機密性が要求される情報のようだ。ロジは、僕に近づいて、なにも言わず僕の手首を掴んだ。

6

階段を使って一階へ駆け下り、玄関ホールへ走った。

そのまま外に飛び出す。走りながら、ロジはセリンとペネラピにボートへすぐ来るように、と指示していた。

「五分以内に。急いで！」

昨日乗ったボートのことらしい、宮殿から三百メートルほど離れている。だいいち、まだあのボートがそこにあるのだろうか。

ほとんど全速力に近い。話をすることもできない。呼吸するのがやっとだった。

途中で、ペネラピが合流し、僕のもう一方の手を掴まれる。二人で引っ張られることになった。ローラスケートを履きたい気分だ。

湖畔が近づいてきた。

桟橋が見えて、そこにボートがあった。昨日のものだ。チャータしたとロジは話していたが、まだ借りたままだったようだ。再度使うと予想していたのだろうか。

「セリン、戻れない？」ロジが言った。「もし無理な場合は、できるかぎり建物から離れて」

「いったいどうしたの？」僕はようやく言葉を発する。

ボートの横、桟橋の上に立っていた。走るのをやめたのに、呼吸がまだ苦しい。

ロジがボートに飛び乗り、計器をチェックした。彼女は僕を振り返り、ボートに乗るように手招きした。ペネラピは、桟橋に立ったまま、宮殿の方角を見ている。

「もう時間がない。ペネラピ！」ロジが呼んだ。

ボートのモータが始動し、向きを変えているときに、ペネラピがボートに飛び込んできた。

桟橋から離れ、ボートは加速する。

「どうしたの？　何から逃げたの？」僕は尋ねた。

「あと、二分でわかります。なにも起きない可能性は小さいと思います」

湖面は静かだった。船がほかにも浮かんでいた。島はどんどん遠ざかる。セリンの姿は認められなかった。

どこかでサイレンが鳴り始めた。一箇所ではない。

島の方角からも、また、対岸からも。

ボートは、どちらの岸に近いともいえない位置にあった。

僕は水面を気にしていたが、なにかが近づいてくる様子もない。

ボートは走り続けている。

ロジもペネラピも後方を見ていた。島の方角だ。宮殿の建物が見える。動物園の一帯は樹木が多く、建物は見えない。

「来た！」ロジが言った。

空を見た。しかし、その瞬間に、島で白いものが一気に広がった。宮殿のあった場所だ。

「もう一機」ロジが言う。今度は左手で、白煙が広がる。動物園の森だった。

「伏せて」ロジの声が聞こえると同時に、僕は肩を押され、ボートの中で蹲《うずくま》る。

衝撃を感じる。

音というよりは力、一瞬の圧力だった。

遅れて、雷のような爆音が鳴り響いた。

ボートは揺れているが、走り続けている。

「セリン、聞こえる?」ロジが叫んでいる。

ペネラピは、空を見上げていた。

白い煙の柱が二つ、高く立ち上っていた。島全域が、広がった煙の中で、ほとんど見えない状態になった。

うねりが近づき、ボートが一度持ち上がる。

しかし、大きくは揺れなかった。

そこへ、空から細かい砂が落ちてくる。これがしばらく続いた。

「空からだった?」シートに座り直し、僕はロジにきいた。

「ミサイルです」ロジもシートに座り直し、溜息をついた。「東南から来ました。大気圏外を飛んできたものです」

「オーロラが、それを教えてくれたの?」

「日本のレーダがキャッチしたからです。もちろん、ドイツも把握していたはず」

「どこが撃ったの?」

「それは、計算中でしょう。ああ、でも、核ではなかったのは、幸いでした」ロジが言った。「放射線は検知されません」

「核ミサイルだったら、逃げても無駄だね」僕は言った。

「グアトを引っ張って、水の中に逃げようかと考えましたが……」

「溺《おぼ》れる危険性の方が高い」

「オーロラから連絡が来ました。後続の攻撃はないようです。戻りましょう。セリンが心配です」

「どうして、この島が狙われたわけ？」

「さあ……、それも演算中でしょう」ロジはまた溜息をついた。

ボートは方角を変え、島の岸に並行して走っている。動物園が近くなる方向だった。白い煙はしだいに薄くなり、風下の北へ流されていく。宮殿がどうなったのかは、遠ざかったのでわからない。動物園のある辺りの森は、黒い煙が上がっていた。消防のクルマが、動いているのが見える。島の設備だったようだ。放水を始めているのも認められた。

ボートは島の方へ近づく進路を取った。岸が近づくと、停泊できそうな場所を探して、また左へ向かった。

「ああ、良かった」ロジが呟いた。「セリンから連絡がありました」

さらに三分ほど走ると、岩場に上って手を振っている人影があった。セリンのようだ。ロジはそちらへボートを向けた。

「ミロフ氏からも連絡がありました。大丈夫か、という問合せです」ロジが報告する。

「研究所は、相当な被害を受けた模様です。まだ、連絡が取れていません」

ボートを岩に近づけたところ、セリンが身軽にジャンプして、ボートに着地した。

「どこにいたの?」ロジが尋ねる。

「連絡を受けたので、動物園から出て、できるだけ離れようと、この近くまで走りました」セリンが言った。「動物園が直撃を受けたようです。地下に何人かスタッフがいたはずです」

「宮殿と研究所も被弾したはず」ロジが言った。「着弾したあと遅れて爆発しているから、地下を狙ったミサイルだと思う」

「飛んでくるところが見えた?」僕は尋ねた。

「見えました」ロジが答え、セリンも頷いた。僕には見えなかった。動体視力の差だろうか。

ボートを方向転換し、宮殿の方へ戻ることにした。岸から三十メートルほどの距離を維持して走った。動物園の森では二台の消防車が放水しているのが見えた。

宮殿が近づくと、消防車がもっと多数だとわかった。また、空にドローンが幾つか飛んでいるのも見えた。ロジはそちらを気にしていたが、多くは報道のものか、警察のものだろう。

ボートに乗ったときの桟橋は無事だった。ここでボートを降りて、宮殿の方へ歩いていく。

しだいに建物の残骸《ざんがい》が見えてくる。宮殿は半分が失われていて、少し近づいただけで、細かい瓦礫《がれき》が地面に散乱しているのがわかった。既に煙はほとんど消えているものの、ものが焼けるような臭《にお》いが立ち込めている。消防車まで三十メートルほどになると、もうそれ以上は建物に近づけない状況だった。大きな瓦礫、すなわち石やブロック、あるいはコンクリートや鉄骨などが、道を塞《ふさ》いでいたからだ。

「あ、キンケル氏から連絡がありました」ロジが言った。「研究所の下層は、直撃は免《まぬが》れたとのことです。負傷者は大勢いるようですが……。あ、はい、こちらは全員、湖に退避していました。問題ありません。今、宮殿から五十メートルほどのところにいます。南側になります」

キンケルと話をしていたようだ。

「私たちの部屋は破壊されてしまったね」僕は言った。「まさか、私を狙ったんじゃないよね。私のせいで、歴史遺産が失われたなんて、思いたくないな」

「その可能性は否定できません」ロジが僕に言った。眉を少し寄せて、難しい顔をしている。「いったん、自宅へ戻りましょう」

ロジはそう言うと、ペネラピを見た。彼は小さく頷いた。セリンは、いつの間にか、近くにいなかった。宮殿の反対側へ調べにいったようだ。

「ジェット機はすぐには用意できません」ペネラピがロジに小声で話した。

「え、どうして?」ロジが不満そうに声を上げる。

「十時間ほどかかります」

「夜になっちゃうじゃない」ロジは舌を打った。「うーん、どこか、退避するところがないかな。この島にはいられない」

「どうしたの? 警察か情報局に頼んでみたら?」僕は言った。

「それが、今のこの結果です」ロジが低い声で言った。任せられない、という意味のようだ。

7

観光案内を調べて、ホテルを当たってみる、とロジは言った。僕も、メガネで観光案内をざっと眺めてみた。この周辺に何があるのか、とようやく興味が湧《わ》いたからだ。自然保護区域の手前の森林で、一般人が入ることができる公園がある。また、遊園地や水族館もあるようだ。その近くにホテルも幾つか集まっている。どうせ、どこも閑散としているのではないか、と想像した。

湖を渡って、沢山の船がやってきたようだ。消防の応援と警察関係のものだろう。また、ダクトファン機も三機が少し離れた場所に着陸した。これは怪我人を運ぶためのものだった。

宮殿の方から、女性が歩いてきた。キンケル主任研究員である。服装が汚れていたし、髪も乱れている。しかし、大きな怪我をしている様子はない。

「いったい何が起こったのでしょう」キンケルは両手を広げた。「信じられません。何ですか？　テロですか？　戦争ですか？　ああ、こんな……、最低です。どうしてこんなことになったのか……」

「ご無事で良かった」僕は言った。

「ありがとうございます。でも、博士のことが気がかりでした。上の建物にいらっしゃったでしょう？　あそこにいたら……」彼女は振り返って残骸を眺めた。「大変なことになっていたかもしれません」

「宮殿には、誰もいなかったのですか？」僕は尋ねた。

「わかりません」キンケルは溜息をついた。彼女はロジを見る。「誰かが爆弾を仕掛けたのですね？」

ロジは無言で首をふった。わからない、という意味に取られただろう。ミサイルが原因だという情報はまだ伝わっていないらしい。

「まだ、下で、閉じ込められて出られない人たちが、何人もいると思います」キンケルは言った。「私は、戻らないと……、失礼します。お世話ができなくて、申し訳ありません」

「いえ、私たちは大丈夫です」僕は片手を広げて応えた。

「どうしますか？　ここにいてもしかたがないように思えます」ロジが僕を見て言った。

「そうだね。作業の途中だったデータには、しばらくアクセスできそうにない。ここは、いったん引き上げるのが良いかな」彼女の意見に賛同する方向の返事をしたつもりだ。

「でも、ジェット機が来るまで十時間もあります」

「移動していた方が安全かな」

「そうですね」ロジは同意した。「三人いますから、なんとかなると思います。ご安心下さい」

「少し観光して、それからどこかで美味しいものを食べて……」僕は言った。「十時間なんてあっという間だよ」

ロジが、無言で僕を睨んだ。冗談を言わないで下さい、という目だ。

まずは、ボートに乗って島を離れることにした。昨夜は雨にならなかったが、今度こそ本格的に降りそうな空模様である。夕方のように暗かったが、時刻はまだ午後三時まえだった。

自然公園の方へボートを走らせた。今まで行ったことのないエリアで、湖の長手方向へしばらく走ることになる。岩が高く切り立ったところや、生い茂った森などが近づいてくる。ずっと湖畔に沿って通っていた道路は見えなくなり、構造物も少なくなった。傾斜した山の裾野《すその》が見えていたけれど、その中腹に構造物がぽつんと建っているだけだった。おそらく、変電施設か、あるいは通信基地だろう。

地図によると、近くに水族館があるはずなのだが、どこにもそれらしい建物は見当たらない。

セリンが調べたところ、水族館は湖の底に作られていて、入口は湖畔の岩の上だという。ボートは、切り立った岸壁に近づいた。その岩の下にトンネルのような、ちょっとした入江が見えてきた。そこに船が停泊していた。観光船のようだ。人間がいるというだけで、少し安心できるものである。水族館にはカフェが付属しているようなので、そこでも時間が潰せる、と話しながら、僕たちはボートを降りた。

桟橋の近くの岩の窪《くぼ》みの中にドアがあった。奥へ入ると、そこがエレベータになっている。上にも下にも行くことができ、上は展望台と遊園地、下は水族館と表示されていた。

そのエレベータホールには、既に十数名の客らしき団体がいて、これから下の水族館へ行く話をしていた。それでというわけでもないが、僕たちは上がってきたエレベータに乗った。

エレベータを降りたところは、岩の上で、湖面から十メートル以上の高さがあった。周囲に透明の塀が二メートルほどの高さで立っているが、その壁自体が、地面よりも少し外側にあった。つまり、岸壁から真下を覗き込むことが可能なデザインだった。

息を止めて試してみたけれど、ただ高さがわかるだけのものだ。桟橋の船が小さく見えた。僕は、目が回らないうちに離れることにした。湖を見渡すのには充分な高さで、惨劇があった島も見える。既に煙は上がっていない。しかし、そこにいた観光客は誰もが島を見て、メガネの倍率を上げようとしていた。

その展望台から奥へ入った場所に、透明のドームがあって、そこがカフェだった。幸い、客は少ない。僕たちはその中に入って、一番奥のテーブルに着いた。奥のほぼ垂直の岩肌まで数メートルの位置で、崖《がけ》のさらに高いところから蔓《つる》を垂らしている植物しか見るものがない。それ以上奥へは行けないとわかった。カフェの中央に階段があり、調理室は地下のようだった。

その階段から現れた人形のような若い女性が注文を取りにきた。ロボットではない。人間かウォーカロンだ。四人ともホットコーヒーを注文した。

「遊園地はどこから行くのかな」僕は外を見ながら言った。

セリンが地図をテーブルの上に投影して、「今いるのがここで、遊園地はこちらです」と指差した。

この岩場のさらに上に入口があるようだ。湖上からはまったく見えなかったが、景観を重視して作られているのだろう。

「水族館よりは、遊園地ですか?」ロジが囁いた。

「湖の底っていうのは、どうもね」僕は答える。

「どうもとは?」

「ヴァーチャルだったら行くけれど、リアルでは、気が進まない」

「こんな田舎《いなか》にある遊園地って、きっと、寂《さび》れているでしょうね」ロジが言った。

というよりも、リアルに存在する遊園地なんて、どこもすべて寂れているだろう。寂れているのが好きなマニアックな人間が訪れる施設としての存在価値しか残されていない。これは、日本文化のワビサビの精神に通じるものではないか、と僕は考えている。

セリンがネット上の地元の話題を集めていた。ニュースとしてマスコミが流したものではなく、個人の通信から、抽象的なキーワードを使ってファジィ検索したものらしい。

野生の動物を見た、恐ろしい鳴き声が聞こえた、食糧倉庫や農地が荒らされた、人間の仕業とは考えられない、自然保護区域になにかいるようだ、自然保護団体の調査、といった項目が挙がっていて、そのそれぞれに対する多数の反応と、関連する過去の事象を掘り起こしている。セリンの支援をしているのは、日本の情報局の人工知能であるが、この種の調査を行いつつ、外部からの監視の兆候にも注意が向けられているだろう。今のところ、監視の動きは観察されず、つまり、誰かが意図的に一連の事件に関わっている証拠は見出せない、というのが情報局の見解だそうだ。

　それよりも、さきほどのミサイル攻撃についての調査結果が聞きたい、と僕は思ったのだが、これに対しては、ドイツも日本も、また周辺諸国も世界も、詳しい報道を行っていなかった。なんらかの爆発事故があったとする短いニュースが一般向けに流れただけだった。

　オーロラからも、その後ロジに連絡は届いていないらしい。危険が去ったのか、まだ警戒しなければならないのかも定まっていない。少なくとも国家レベルの戦争行為ではなく、個人的な破壊工作か、あるいはなにかの事故か、というのが暫定的な見方のようである。

　そうこうするうちに、ドイツ情報局からロジに連絡が入り、飛来したミサイルは、もともと六発だった、着弾したのは先に届いた小型のパイロット弾と思われ、後続の四機は破壊力の大きなものだった、と推定される。そして、その四発は、ドイツ空軍により、着弾の約三分まえに大気圏外で要撃された、と伝えてきた。

「嘘みたいな話だね」僕は言った。「それじゃあ、本命のミサイルが届いていたら、どれくらいの被害が出ていたんだろう？　島が壊滅していたかもしれない」

「オーロラから届いた指示は、五分以内に島から脱出するように、というものでした」ロジが言った。「キョートであった、あのときを連想してしまいますね」

ロジが話したのは、まだ僕たちが日本にいたときのもので、多数の死者を出した事件だった。電子界のクーデタのような挙動が発端《ほったん》らしかったけれど、詳細については、今もよくわかっていない。この種のものは、現代では自然災害と同じレベルで語られる傾向にある。人知を超えた災厄というわけだ。

たとえば、人類が子孫を作れなくなって半世紀以上になるけれど、これも、世界的な感染症だろうと当初は考えられていた。今も、一般にはそう認識されているだろう。多くの人たちが、いずれは元の状態に戻るはずだ、しばらく辛抱するしかない、と思い続けているのだ。

科学者だけが、なんとか問題を解決しようと考える。どうしてそういった災厄が訪れるのか、具体的に何が問題で発生している事象なのか、と追究する。このように科学的に考え、原因を発見して、それを取り除かないかぎり、元の状態には戻らない。科学者は、未来を悲観して手を打とうとするが、多くの人々は、我慢さえすればなんとかなる、と楽観して神に祈ることしかしない。

数世紀まえから、地球環境は人間の活動によって少しずつ変化してきた。これを悪化と捉えるかどうかを、客観的に判断することは難しい。ただ、それまでの生態系が大きく影響を受けた。主に天候の変化によってもたらされた環境変動に起因したものだ。多数の動物が地球上から消えていったことに、人々はただノスタルジィに浸ることしかできなかった。昔は良かった。なんとか保存だけはしよう。再び、自然豊かな時代が訪れるはずだ、今は耐えるしかない。しかし、なにも対策を講じず、そのままの社会活動が継続された。

大気汚染で何千万人もの人々が毎年犠牲になり、気候変動による自然災害でも大勢が命を落とした。科学者は、温暖化の仕組みを解析し、これを遅らせる方策を考えた。だが、産業構造を改めることはできなかった。感染症が流行しても、経済活動を止められないのと同じだ。

人間というのは、じわじわと同胞《どうほう》が死んでいっても、それは自然の摂理だと諦める図太さを持っているのだ。自分が死ななければ、それで良い、自分の家族さえ生きていればかまわない、と考える。数十年後にはこんな世界になる、と科学者が提示しても、そのときには、どうせ自分は生きていない、と受け合わない。

ようやくつい最近になって、つまり人口が半分以下になった頃に、仄《ほの》かな危機感を抱くようなったという程度だった。それどころか、自分たちが得た長寿の方が大切なものとして扱われ、人類の知恵が手に入れた最高の宝物だと満足し、それを抱《かか》えて恍惚《こうこつ》となるばかりだった。

そんな大まかな現実を、コーヒーを飲みながら考えていたが、少なくとも今の時間は平和だったな、と思い至った。コーヒーを飲んだあと、ペネラピとセリンが外へ出ていった。テーブルには僕とロジの二人だけだったし、隣のテーブルにも誰もいなかった。

「彼が来てくれただけで、だいぶ違います」ロジは呟いたあと、少しだけ口許を緩めた。
「それに……、以前に比べれば、これでも平和ですね」

同じことを考えている偶然に、僕も微笑んでしまった。

セリンの能力を、ロジはまだ信頼していない、ということだろう。その点、ペネラピには過去に何度も救われている。今回、ロジは危機感を抱いて、彼を呼んだのだ。本部が良い顔をするとは思えない。もしかして、彼は休暇を取ってやってきたのではないか、とさえ僕は疑っていた。

8

ロジの言ったとおり、遊園地はノスタルジィの巣窟《そうくつ》だった。ゲートを入ると、入場者はほとんどが老人たちのグループで、セリンやペネラピを大勢がじろじろと睨むように見た。ロジはもちろん、僕だって、ここでは若者の部類になるのではないかと思われた。

今は、歳を取っていても若いボディを身につけることは可能だ。しかし、それができるのは、医療環境の整った国の、ある程度裕福な人間に限られる。しかも、このさきの長い人生を考えた場合、自分の資産がいつまで維持できるか、という不安を大勢が抱えているはずだ。歳を取っても、軽く働いて賃金を得る生活に縛られる人が多いのも、この不安があるためだ。このような遊園地に団体で訪れる人たちは、おそらく裕福ではない。都会に比べて、明らかに老人が多いと感じたのは、そういった理由がある。

遊具なのかアトラクションなのか、幾つかそれらしいものがあったものの、近づいてみると、どれも塗装が劣化し、鋼材が錆《さ》びている。構造が古く、安全性が危惧されるような代物だった。それでも、すべてが稼働していた。客を乗せて動いているものばかりだった。これは、寂れている、とはいえない状況になるのか。

園内のスタッフは、同じ顔をしたロボットで、黄色の襟のユニフォームを着ていた。このロボットたちは、子供のように小柄で、しかもにこやかな高い声で話した。あちらこちらで、老人たちがロボットを取り囲んで笑っている声が聞こえた。なんとも異様な光景といえる。

ゴーカートがあったので、「乗ったら?」とロジに促したのだが、渋《しぶ》い顔で断られた。既に彼女は二回も、僕の耳許で「出ませんか?」と囁いた。一回めは、幽霊が出そうだ、という意味に取ったが、二回めで、自分たちがここを立ち去るべきだ、という意味だとわかった。そうはいっても、入場料を払ったのだから、できるだけ無駄にしたくない。ここで時間を潰そうと考えていたのだ。この分でいくと、水族館の方だって期待できない。それくらいの想像力は持っている。

ロジは、ツァイラ刑事と話をしていた。島が爆撃されたことで、事情をきかれたのだろう。警察は、あれをどこまで調べるのだろうか。当然だが、ツァイラは管轄が違うはずである。日本であれば、あれは公安の管轄になるだろう。

動物に乗れるアトラクションがあった。キリンとゾウの背中に乗って、歩いて回れるものだった。ただ、キリンもゾウも、ロボットというにはお粗末《そまつ》すぎる。足にはタイヤがついているし、後ろから背中の座席まで、階段で上がっていけるようになっていた。そういう不格好なクルマに、ただそれらしい幼稚なペイントが施され、キリンは首から先が、ゾウは鼻と耳が、取り付けられている、というだけだ。首も鼻も動かない。それらは、プラスティックで作られているようだった。

しかし、それに乗るために老人たちが列を成していて、乗っている人は例外なく無邪気な笑顔だった。人間というのは、本当のところ、人生の経験から得た知識をどの程度、自分のために使っているのだろう。

大きな恐竜も三頭いた。こちらは動かないし、乗ることもできない。近くに行ってみたが、コンクリートで作られているようだ。体表は緑色だったが、それはコンクリートに苔《こけ》が生《は》えているためだった。中に入る入口さえない。

さらに奥へ進んだ。ときどき振り返ってみたが、セリンとペネラピの姿はない。僕を護衛しているはずだが、距離を取るフォーメーションなのだろう。ロジは、二人のことをまったく気にしていない。周囲を気にしているふうでもない。

奥へ行くほど樹木が多くなり、上を見ても枝が空を遮っていた。ドローンに監視されないという利点はあるかもしれない。

森の中に回転木馬があった。直径が十五メートルくらいの大きなものだ。停止していたけれど、照明は灯《とも》っている。係員のロボットがこちらを見て微笑んだ。たまたま客が乗っていないだけのようだ。

「これに乗ろうか?」僕は提案した。

「え?」というわかりやすい顔をロジがした。声が出たわけではないが、明らかに、その口の形だった。

しかし、拒否はされなかった。ロジは周囲を見回した。誰も見ていないことを確かめたかったのかもしれない。幸い、森の深い場所だったので、近くに入園者の姿はなかった。

ロボットにチケットを見せる。

「どうぞ、お好きなところに」と子供のようなロボットが手招きした。

馬に乗るか、それ以外の動物に乗るか、それとも一緒に馬車に乗るか、という選択肢があった。馬以外には、角《つの》のある動物で、羊かそれとも神話の動物かよくわからないものだった。

「馬車にしましょう」ロジが言った。「一番目立ちません」

「どうせだから馬に乗ろう」

ここでも、僕の意見が通った。僕は馬に跨《また が》った。ロジは斜め後ろの羊に乗った。短くベルが鳴ってから、ゆっくりと回転を始める。馬は優しく上下に動く。遠心力が感じられるほど速くはない。森の中を巡っているような気分になった。途中でセリンが見ていることに気づいて、手を振った。

後ろを振り返ると、ロジが僕の顔を見て、口の形を一瞬変えた。「面白いですか?」と言いたいようである。普通なら、ロジに追い抜かされるところだが、それもない。位置関係は変わらないのが、実に素晴らしい。

しかし、楽しい時間もやがては終わる。動きがゆっくりになり、馬も止まってしまった。それを待っていたかのように、雨が降りだした。

急な雨だったので、しばらく、馬の横にいた。回転木馬には屋根があるので、雨を凌ぐことができるからだ。係員のロボットも、急《せ》かすようなことは言わなかった。次の客が待っているわけでもないからだろう。

「通り雨じゃないかな。しばらくここにいる?」僕は言った。

「そうですね……」ロジは上を見ているが、枝葉の間に覗く空はダークグレィだった。

「なんなら、もう一回、乗るとか?」僕はきいた。

ロジは無言で両目を細め、笑った口の形で答えた。意味はわからないが、イエスではないだろう。遠くのものを見て、視力が足りない、という顔にも見えたが、彼女の視力は折り紙付きである。

一瞬、空が明るくなった。

続けて、雷が鳴った。長く引きずるように轟《とどろ》いた。

冷たい風が樹の間をすり抜けて走る。

「あそこまで、行きましょうか」ロジが顔を近づけて言った。雨の音が煩《うるさ》いからだ。

戻る方向だが、来た道ではなく、少し方角がずれている。来るときに横に見えた構造物だ。今は、赤い屋根だけしか見えない。休憩所だろうか。距離でいうと五十メートルくらい先である。走っていく間にびしょ濡れになるだろう。だが、大きな樹が多いので、それらの枝の下を通れば、多少は雨を防げるかもしれない。

雨の中に走り出た。

地面に当たった水が跳ね上がり、白い水煙が一面に広がっていた。どしゃぶりである。例によって、僕はロジに手を引かれて走った。もう、すっかり慣れてしまっただろう。自分一人で走ったら、バランスを崩して転んでしまうのではないか。

ところが、突然前に人が現れ、ロジが急停止。僕は彼女にぶつかった。

太い幹がすぐ横にある。

現れたのは、ペネラピで、彼は背中を向けている。片手を後ろに向け、手を広げていた。止まれ、というジェスチャのようだ。

ロジがなにか言ったが、よく聞こえなかった。

ペネラピは、こちらを向き、両手で僕たちに姿勢を低くしろ、と指示した。

ロジは事態を理解したらしく、僕を樹の幹に寄るように押し、そこに隠れることになった。

「何？」僕は口を動かして、無音でロジにきいた。

ロジは細かく首を横にふった。しかし、片手には既に大きな銃を握っていて、銃口を上に向けていた。僕は上を見る。大木の太い幹と、無数の枝があるだけだった。

その位置から見て、赤い屋根は鉄道の駅だとわかった。こちらよりも少し高い位置に看板が見え、その文字が読めたからだ。鉄道も、遊園地内のアトラクションだろう。

突然、近くで低い呻《うめ》き声。雨の音に負けないほど辺りに響き渡った。

恐怖に震え上がるほど、高い金切声が混ざっていて、耳を塞ぎたくなる。

左手から、なにかが来た。

赤い屋根の駅に向かってきた列車だった。先頭は黒い機関車で、黄色い車両を牽引《けんいん》している。屋根はあるが、ほぼオープンの客車が三両だった。乗客がまばらに座っているのも見えた。

その乗客たちが車内で立ち上がり、こちら側に集まり、拍手をしていた。

もう駅に到着するというとき、やはり左手から近づくものがあった。

僕たちの前に立っていたペネラピも膝を折り、姿勢を低くした。

ロジは、逆に身を乗り出す。

声はもうしない。

雨のため、音はよく聞こえなかった。

現れたのは、大きな黒い影で、列車と同じ方向へ移動していた。

枝が折れる音が鳴り、白い水煙が立ち上がる。

また声が唸った。

動きは一瞬止まり、また動いたときには、大きく首を振って、列車にぶつかった。

人の悲鳴が上がる。

車両はむこう側へ倒れ込む。機関車のすぐ後ろの車両だった。同時に、連結が切れたのか、機関車だけが前進していく。

黒い影は、機関車と転倒した車両の間を通り、あっという間に森の中へ消えていった。

ペネラピが立ち上がっていた。

右手から、セリンが駆け寄ってくる。

「見ました？」セリンの高い声は、押し殺されていた。

ロジが頷いた。彼女はまだ銃を上に向けたままだった。

「どうしたら良いですか？」セリンがきいた。

「しばらく、ここで様子を見る」ロジが答える。ペネラピも振り返って、小さく頷いた。

駅では、大騒ぎになっていた。脱線した車両から飛び降り、こちらへ逃げてくる人たちと、駅の中に入って、むこうを眺めている人たちが見える。駅にはロボットの係員がいたようだが、今は脱線した車両の方へ移動していた。怪我人を救出しているのかもしれない。

「背丈《せたけ》は約五メートル」セリンが早口で言った。「動きが機敏でした。赤外線解析から、ロボットではないと思われます。あれは、何ですか？」

「みんな、ロボットだと思っていた。拍手をしていたのにね」僕は言った。「あれがアトラクションだったら、ちょっとしたものだった。遊園地の目玉になったはずだ」

「戻ってきたらどうしますか？」セリンがきいた。「危険が感じられた場合、攻撃しても良いですか？」

「できるだけ、撃たない方が良いと思う」僕は言った。

「威嚇《いかく》すべきでしょうか？」セリンがこちらを向く。「それとも、しない方が？」

「それも、わからない。威嚇になれば良いけれどね」僕は答える。「むしろ、余計に興奮させることになる可能性もある。あれは……、爬虫類になるのかな」

「ワニの大きいやつですね」セリンが言う。

「恐竜」ロジが口をきいた。彼女の声は冷静だった。「私、初めて見ました」

「たいていの人が初めてだと思うよ」僕は頷いた。

第3章　長く死ぬものはない　Nothing dies long

　恐ろしいことが起きた。だれが予測できただろうか。この問題がいかなる結末を見るかわからない。この奇妙な孤絶《こぜつ》の地で残り一生をすごすはめになるのか。僕もまだ混乱し、現在の状況や将来の可能性をはっきりと考えられずにいる。狼狽《ろうばい》した頭では過剰に恐ろしく思えたり、真っ暗闇に見えたりする。

　ありえない最悪の状況だ。いまさら正確な地理情報を開示して友人たちに救援を要請しても、まにあわない。たとえ救援隊が送られても、南米に着くまえに僕らの運命は決まっているだろう。

1

僕たちは、大木の下で一時間近く雨宿りをしていた。前には赤い屋根の駅、後ろには、回転木馬がある。遊園地の施設は、ほかになにも見えなかった。雨は小降りになり、今は霧が立ち込めていた。

怪我人を運ぶために、黄色い襟のスタッフが来たし、また、警官も三名姿を見せた。しかし、あの動物はその後は現れない。消えた方向へ真っ直ぐに逃げたとしたら、遊園地の入口からは遠ざかる。

セリンは、ネットの信号を観測している、と話した。しかし、明らかにトランスファのものと思われる痕跡はないそうだ。それは、簡易解析プログラムが下した結論であって、記録されたデータを用いて、詳細な分析はのちほど行われる。

僕たちは、セリンが撮影した映像を何度も見直した。その大きな動物は、酷く前傾しているものの、前足を完全に持ち上げ、二足歩行していたようだった。その体勢は、僕が知っているうちなら、カンガルーに近い。だが、顔はワニに似ている。そういう動物が地球上に生息しているという知識は、四人とも持っていなかったし、セリンが検索した範囲では、大昔に絶滅した恐竜しか該当するものがない。

「もう一度、回転木馬に乗る？」とロジに話しかけたら、

「帰りましょうか」との返答を得た。

遊園地の中を歩いて戻った。園の敷地は、ブーメランのように折れ曲がっていて、回転木馬が遊園地の一番奥になる。いずれの方向も周囲は森林で、近くに道路などはない。例の鉄道は、遊園地の周囲を巡っているもので、それに乗れば入口まで帰ることができたわけだが、脱線転覆事故のせいで、利用できなくなった。

遊園地は即時閉園となり、入園者は既に立ち去ったようだった。どこにもスタッフ以外の人影はなかった。僕たちが最後の客になったかもしれない。

猛獣に遭遇することもなく、カフェまで戻った。店内は満席だった。遊園地から逃げてきた人たちが集まっているようだ。水族館に行ったグループと同じ船で帰るため、待っているのかもしれない。展望台へ行ったセリンが戻ってきて、新たな観光船が到着したと知らせた。遊園地が閉鎖されたことは、情報共有されているのだろうか。もちろん、全員が水族館へ入るつもりならば、なんら問題はない。あの恐竜が海の中まで獲物を探しにいく可能性は比較的低いだろう。

水族館は混んでいるかもしれない、という予測を確かめることもなく、そちらはパスして、帰ることになった。ボートに乗り込んだときには、霧も少し晴れつつあった。どこかのレストランへ行こう、とロジと話した。

「昨日、レストランに現れたのとは、別の動物ですよね」ボートが走り始めると、セリンが呟いた。

「同じ可能性がある？」僕はきき返した。

「昨日は全身を見ることができませんでした。でも、鳴き方が違うように思います。声の分析をしてみます」

「私が一番考えるのは……」ロジが言った。「この広い湖や自然公園のエリアの中で、どうして、私たちの前にたまたま姿を見せたのか、という点です」

「のちほど、オーロラから説明があります」ペネラピが突然話した。

三人が彼を見つめたが、ペネラピは横を向いてしまい、視線を合わせない。

「そうなの……」ロジがわざとらしく溜息をついた。「なにか、わかっていることがあるんだ」

「どちらも、ウォーカロンかもしれないけれど、コントロールはされていない」僕は話す。「たまたま私たちの前に出てきた、というよりも、方々で出没していると見るべきなのでは？　ほかのところでも大騒ぎになっているかもしれない」

「ひと通りスキャンした感じでは、そのような兆候は認められません」セリンが否定する。

「釣り人を襲ったのは、恐竜かシャチの、どちらかかもしれない。動物園で警官を殺したのも、さっき見た恐竜かもしれない。そうだ、あの檻の中にいたのは、あいつだったんじゃないかな」

「その二件では、死者と重傷者が出ています。人が襲われました。昨日と今日の騒ぎでは、ちょっとしたコンタクトがあった程度です」セリンが言った。彼女の言うとおり、その違いは大きい。ウォーカロンの通信痕跡も前回は観測されているが、今回はない。

「それから、さっきのミサイル」ロジが言った。「私たちを狙ったものではない、と否定できますか？」

彼女は僕を見据えた。恐竜に睨まれたような気分だ。

「あれは……」僕は三秒ほど考えた。「また、別口じゃないかな」

「別口」ロジが言葉を繰り返した。

「明らかに、違う方面から飛んできたものだ」

「わかりきったことをおっしゃらないで下さい」ロジの視線ビームが強くなる。

「まだ、あまり、その、考えていないんだよね」僕は苦笑した。それは事実である。考えるような環境が整っていない。ばたばたしすぎている。「警察が調べるよ、どちらもね。それで、恐竜の方は、動物園か研究所が調査を受けることになるし、マスコミの質問も関係者に集中するだろうから、そのうちに真実が浮かび上がってくるかもね。少なくとも、僕が解決するべき問題ではない」

「その判断に、私も賛同します」ロジが言った。「とにかく、今は無事に帰ることが責務であり、目標です」

「あれは、銃で殺せますか?」珍しくペネラピが質問した。ロジに尋ねたと思っていたら、彼の目は僕を見ている。

「さあね……。恐竜に関する知識なんか持ち合わせていない」僕はまた苦笑するしかなかった。「小さな銃では無理かもしれない。どこを狙えば仕留められるのか、全然わからない。頭は狙いにくいし、一発でダウンさせることは難しいんじゃないかな」

「心臓ですか?」ペネラピがさらにきく。

「どのあたりに心臓があるのか、わかる?」僕はきき返した。

「殺してしまったら、どこかから文句を言われそうですね」ロジが言った。少し機嫌が戻ったようだ。機嫌が悪いのではなく、緊張していた、と彼女は言うだろうけれど。

「シャチはどうか知らないけれど、さっきの恐竜は、明らかにクローンだ。あんなものを再生するなんて、研究所以外でできるとは思えない。元の細胞が良い状態で残っていないだろうし、なんらかの遺伝子操作か、細胞育成養生の段階で特別な制御が必要だと思う」

「氷河の中から凍結した細胞が見つかったとか、そんなニュースがなかった?」ロジがセリンに尋ねた。

「あれは、マンモスじゃないでしょうか」セリンが答える。

「どちらにしても、怪しいのは、研究所ですよね」ロジが僕を見る。「なのに、そこは爆破されてしまいました。証拠隠滅が目的だったのでしょうか?」

「そのためにミサイルを撃ち込むかな?」僕は首を傾げた。

それでも、その可能性は低くないと思えてきた。ただ、恐竜を生き返らせた事実を隠したかったのではない。もっと大きな問題が隠されているのだろう。おそらく、政治や国家を揺るがすような問題だ。そうでなければ、あれほど大掛かりな攻撃を敢行するとは思えない。しかも、よほど急いでいたのだ。

「切羽詰《せっぱつ》まっていたわけだ」僕は呟いた。

「セッパって?」セリンがきいた。

「もうこれ以上、変な動物が現れないでほしい」ロジが溜息をつきながら言った。

ボートは船が集まっている港へ入ろうとしていた。ロジがどんな進路を指示したのか聞いていなかった。多くの船が停泊している。桟橋に上がると、ボートは誰も乗せずに引き返して行った。仕事を終えたということだ。

ちょっとした街並みが近くに見える。今まで見た湖畔の街では最も規模が大きい。建物が集中していたし、中層のビルもあった。港に隣接した公園のような場所を横切るとき、道路にレトロな二階建てのバスが走っているのが見えた。

2

ダブルデッカに乗りたかったが、バス乗り場の手前の駐車場に、黒いクルマが入ってきた。ロジが片手を上げて呼び寄せた。僕たちの前まで来て停止し、横のドアがスライドする。小さなバスのようなワンボックスタイプだった。外見では窓がない。

乗り込むと、無人の車内はちょっとした応接スペースのようだった。ドアが閉まり、クルマは走り始めた。ロジかセリンが呼んだものらしい。お金がかかるだろうな、と僕は思った。だが、今回はどちらかの国の情報局に経費が請求できるのかもしれない。

「ドライブしながら、時間を潰します」ロジが説明した。「ジェット機が到着したところで、乗り換える予定です。とにかく、湖からは離れます」

彼女が操作すると、周囲の壁が窓になった。壁面に外の風景が映し出されただけだ。進行方向も、また後方も見ることができた。透明なクルマに乗っている感じに近いが、肉眼で見る風景よりも数段明るい。そういった処理がされているためだ。したがって、これもヴァーチャルの一種といえる。

街の中を低速で走ったのち、トンネルに入った。しばらく走ると、ハイウェイになって、速度を増した。

トンネル内のため風景が見られなくなったので、セリンが撮影した恐竜の映像をまた見ることにした。現地ではじっくりと見ていなかったし、恐竜以外の広い範囲が捉えられているので、何度見ても新鮮だった。

セリンは同時に、恐竜の学名まで表示し、幾つかの復元図をホログラムで見せてくれた。それらとは色が違っていたが、だいたい同じものだと判別できそうだった。

「これは、骨の化石から復元されたものかな。細胞の化石から、あのクローンを作ったということ?」

「稀に、凍結したままの死骸《しがい》か細胞が発見されているようです」セリンが調べた結果を報告した。「細胞が見つかれば、クローンを作ることができる、と述べられています」

「肉食なんだね?」僕はきいた。「見た感じの印象だけど」

「そう推定されています」セリンが答える。「消化されたものの化石を分析した結果だそうです。歯や顎《あご》の構造からも予想できるとありました」

「だったら、人間を食べようとするかも」ロジが呟いた。

「コントロールは難しそうだ」僕は言った。「現代の哺乳類と同じ信号波ではないだろうし、サンプルデータもない。システムの構築が簡単ではないはずだ」

「飼うのに餌代がかかりそうですね」ロジが肩を竦める。「あの森の中で飼われている可能性があります。目的は何でしょうか?」

「行方不明の飼育員がいるから」僕は言った。「その人にきいてみないと……」

「警察は、あの近辺の森を捜索することになるはずです」ロジが話した。「すぐに見つけ出すでしょう。警官を殺したとなれば、殺処分となるのでしょうか？」

「そういうのは、たぶん、あれの科学的というか学術的価値によるのでは？　誰が判断するのか知らないけれど……」

「コントロールされていても、そうでなくても、殺されるとしたら、可哀想《かわいそう》ですね」

ロジが珍しいことを言ったな、と思った。セリンも少し驚いた顔をしている。

「さっき、列車を脱線させたのも、あれが動いていたからだよね」僕は言った。「列車に乗っている人間たちを襲ったようには見えなかった。列車を動物と見て、ちょっかいを出したというか、ちょっと試してみたくらいの感じだった。鼻で押してみて、食べられないとわかったんじゃないかな」

「もし人間を襲ったとしても、それは食料として見ているだけです」ロジが言う。「人間だって、動物を殺して食べているのですから」

「まあ、そういう話は、あまり、その、とことん考えない方が良いだろうね」僕は言った。「生きにくくなるようなこともある。それよりも、早くデータの処理ができる環境に戻りたい」

「そんなに仕事が楽しかったのですか？」ロジがきいた。驚いたという表情を大袈裟につくった顔だった。皮肉かもしれない。

「うん、そうかな……、久しぶりの方面だったからね。ちょっと面白かった」

トンネルを抜けたところで、ドライブインに寄ることになった。そこにレストランがあったからだ。予約もしていないし、予定もなかったみたいだった。

高級なレストランではない。僕は、なにかのフライが食べたいと思いついていた。魚が良いだろうか。メニューを見たら、適当なものがあったので、それに決めた。すると、ほかの三人も同じものを頼んだので驚いた。

「え、どうしたの？」僕はきいた。

「何がですか？」ロジが首を傾げる。

「みんなが同じものを頼むなんて……」

「真剣に選ぶほどのものでもない、ということだったのでは？」ロジはそう言って、セリンとペネラピを見た。

「なんとなく、美味しそうな気がしました」セリンが答えた。

「うん、正直だね」僕は微笑む。ペネラピを見ると、彼は口の形を五ミリほど変えただけだった。どうでも良かった、くらいの意味だろう。

「グアトが真剣に考えて、それに決めたので、なにか理由があるだろうと考えたんですよ」ロジが説明した。「この地方で有名だとか、それとも季節的に今、新鮮なものだとか」

「今時そんなものはないと思うよ。あったとしても、こんな値段で食べられない」

「そういうときに、うん、実はね、くらい言えませんか？」ロジはそう言うと、少し舌を出した。やはり、機嫌が良いようだ。危機から遠ざかったと見ているのだろう。

食事をしているときに、ツァイラ刑事からロジに連絡があった。遊園地での事件について、なにか気づいたことがあったら教えてほしい、と。

「どうします？」ロジが僕にきいた。

「さっきのセリンの映像と情報を送ってあげたら？」僕はケチャップをつけてフライを食べながら答えた。魚の白身の味がするが、本物ではないだろう。

「そうすると、警察はすぐにも森を探しますよね」ロジが言う。

「しかたがないと思う。その判断は、僕たちが関知することではないし」

「わかりました」ロジは頷いた。彼女はセリンを見た。警察に映像を送るように、ということだろう。

「それから、島の爆撃については、捜査本部が設置されたそうです」ロジが報告を続ける。「公安が中心となっていて、外務省も関わっています。警察は捜査に協力するだけだとも……、そんな話でした」

「というよりも、情報局が絡んでいる段階で、最初からそんな感じだったよね」僕は感想を述べた。「家に帰って、オーロラと相談して、出直した方が賢明だ」

「そのつもりです」ロジが頷く。

一時間近くそこにいた。時間を潰しているのは、ジェット機を待っているからだ。しかし、料理は美味しかったので、僕はとても満足だった。

店を出て、駐車場まで歩いた。レストランの周辺に比べて、そちらは暗かった。

僕たちのクルマの後ろに誰かが立っている。

「どうしましたか？」ロジがそちらへ声をかけた。

次に、ロジが両手を軽く上げるのがわかった。もう一人別の人間が、隣のクルマの横から出てきた。どちらも顔がよく見えない。

「クルマのパスを寄越しな」ロジのむこうの男が低い声で言った。「クルマが欲しいだけだ。怪我はしたくないだろう？」

ロジは、ホールドアップをしたまま、ゆっくりとこちらを向いた。

「抵抗しちゃ駄目」ロジが小声で言った。しかし、彼女はペネラピをちらりと見て、片方の眉を上げた。

セリンが僕の近くにいて、すっと躰を寄せてきた。僕の腕に摑まるような姿勢である。怖がっている、と見えるだろうが、そうでないことは確かだ。

それから二秒間に何が起こったのか、よくわからなかった。瞬く間《またたくま》とはこのことだ。強盗を働こうとした男たちは同時に崩れるように地面に倒れた。ロジは振り返って男の武器を奪い、鼻先に彼女の銃を押しつけた。ペネラピはもう一人の頭を膝で押さえ、地面に落ちた拳銃《けんじゅう》を足で遠ざけると同時に男の腕を背中に捩《ね》じ曲《ま》げた。二人は苦しそうな短い呻き声を上げた。

僕はセリンに押されて、クルマの反対側へ歩かされる。ドアがスライドし、その中に押されて乗り込んだ。車内の壁には外の映像が表示されていないので、なにも見えなくなった。ドアは半分閉められた状態で、戸口にセリンが立っている。

「もう大丈夫です」セリンが小声で告げた。「もう少しお待ち下さい」

逆側のドアが開いて、ロジとペネラピが素早く乗り込んできた。外が一瞬ちらりと見えたが、男たちの姿は近くにはなかった。セリンも乗り込み、両側のドアが閉まった。クルマはすぐに走り始める。

ロジもペネラピも旧式の拳銃を持っていた。彼女たちの持ち物ではない。取り上げた拳銃だ。ロジがペネラピに一丁を手渡し、彼は両手に持った拳銃に見入っている。

「警察に連絡は？」僕はロジに尋ねた。

「いえ、余計な発信をしない方が良いでしょう」彼女は事務的な笑顔を一瞬見せた。

クルマはハイウェイに戻り、周囲の風景が見えるようになった。僕は後方を気にして見ていたが、やはり二人の男たちの姿はもちろん、後続車もなかった。

「相手が悪かったね」僕は呟いた。

「骨董品《こっとうひん》?」

「いえ、良かったのだと思いますが」ロジが言う。彼女はペネラピを見た。

「同型で、六十年ほどまえのインド製」ペネラピが答えた。彼は、弾のカセットを外して、シートの横のポケットに入れた。

どうして、彼らが同時に倒れたのか、その理由を聞きたかったのだが、誰も説明してくれなかった。この三人は教えてくれないかもしれない。あとで、オーロラに尋ねた方が良いかな、と考えた。

ジェット機が近くまで来たらしい。

ロジとペネラピが地図を目の前に表示して、こそこそと話を始める。乗り換える場所を決めたようだ。ジェット機がどこから来たのか、その説明はなかったが、かかった時間を考えて、日本から直接呼んだのだろう、と僕は考えていた。このように、勝手に想像して事実を問い質さない習慣が身についている。情報局員とつき合うことで養われたものである。

ハイウェイから外れて、暗い場所をしばらく走っていく。上っているようでもある。既に近くに人家がないことは、ほぼ真っ暗な周辺の景色でわかる。道路も少なく、走っているクルマにもほとんど出会わなかった。

さらに、細い道に入り、森林らしき暗闇を突き進んだ。やがて、カーブしながら坂道を上りきったところで、クルマは停車した。

ドアが開いて、ペネラピとセリンが両側から出ていった。外は暗闇しかない。冷たい風が吹き込んできて、気温が低いことがわかった。ロジはクルマの中から、身を乗り出して上空を見ている。ジェット機が来るのを待っているのか、と思ったが、そうではなかった。

ロジがクルマから降りて、僕にも外に出るように促した。暗い場所を歩いていくと、前方から物音が聞こえた。機械音である。

目が慣れてきて、草原に半分埋まるようにジェット機が着陸しているのがわかった。セリンとペネラピは、その近くで作業をしている。なにかの準備だろうか。ジェット機は、想像していたよりも小型だった。

「あれに、四人も乗れるの?」僕はロジに尋ねた。

「いえ、二人乗りです。グアトと私が乗ります」

「セリンたちは?」

「別経路で」

二人は、あのクルマで行く、ということだろう、と僕は理解した。

ジェット機に近づくと、かなり大量の荷物が、セリンたちの横に置かれていた。どうやらジェット機からこれらを降ろしていたようだ。なにかの機材を運んできたらしい。ロジに促され、僕はコクピットに乗り込んだ。もう、すっかり慣れているので、脚をどこに掛けて、どこを摑んで乗り込むのかも、だいたいわかっている。

キャノピィが閉じ、エンジンが始動した。セリンとペネラピは、既に近くにいない。エンジン音が高くなると、あっという間に浮上し、そのまま上昇した。

「三十六分後に帰宅できます」ロジが言った。

「寝る間もないね」僕は答えた。

3

ジェット機は、自宅から数百メートル離れた草原に着陸した。僕とロジは、そこから自宅まで歩いた。真夜中である。さすがに、向かいのビーヤの家も明かりは灯っていなかった。

家の中に入ると、ロジはまず施錠をして、ざっとすべての部屋を確認してから、地下へ降りていった。連絡をするためだろう。僕はキッチンでコーヒーを淹れることにする。このまま寝る気分ではなかったからだ。昨日から今日にかけて、いろいろなことがありすぎた、と思い出す。

シャチがレストランで暴れ、宮殿と動物園はミサイルが着弾、遊園地では恐竜が闊歩《かっぽ》、おまけにドライブインで強盗に遭った。

これが平和な時代と社会秩序が保《たも》たれた国の話だと、誰が信じるだろう。

ロジがなかなか上がってこないので、自分の分だけカップにコーヒーを注ぎ入れ、隣のリビングへ移動してソファに腰を下ろした。

ようやくロジが上がってきた。

「コーヒーができているよ」僕は声をかけた。

彼女はキッチンへ行き、自分のカップにそれを注いでから、リビングへ来る。それほど事態が緊迫している様子ではなく、僕は少々安心した。

「明日の朝に、オーロラが会いたいそうです」ロジはそれを報告してから、対面のソファに腰掛けた。コーヒーを一口飲み、カップをテーブルに置いた。「あそこの研究員のうち、この半年の間に十三人が辞めているそうです。スタッフのリストをドイツ情報局に要求していたのですが、それが届いて判明しました。その後どこへ行ったのか、ドイツ情報局も把握していませんでした」

「まず、研究所長にきくべき事案だね」僕は言った。

「シュタルク所長は、着任して半月の新任です」

「え、そうなの……」僕は少しだけ驚いた。「前任者は、動物園の事件で責任を取って辞任したとか?」

「わかりませんが、依願退職とのことです。十年近く所長の職にあったので、引退と見るべきではないか、というのが、ドイツ情報局筋の見解です」

「ふうん、事件が解決していないのに、不自然だね」

「そう思います。オーロラが、アミラに調査を依頼したそうです。その第一報では、辞めた研究員十三人は、全員がウォーカロンだったそうです」

「それは珍しい」僕は呟いた。

アミラは、チベットにいる人工知能である。もともとはＨＩＸの研究所が管理していたが、今はチベット政府が引き継いでいて、日本も援助をしている。情報局とは縁のあるコンピュータだ。

ウォーカロンの研究者は、現在では珍しくない。先進国では若者が減っているから、必然的に新人の研究員ではウォーカロンの比率が増える傾向にある。それでも、国立の研究所ではまだ少数派だろう、と僕は認識していた。ドイツがその点では日本よりも進んでいるのかもしれない。しかし、辞めた者が全員ウォーカロンというのは、なにか理由がありそうだ。

「確認できたデータの範囲では、十三人のその後の記録は見つかりません。つまり、どこにも就職していない、どこにも転居していない、病院にも、金融機関にも接触していない、ということになるそうです」

「名前を変えたのかな？」僕は言った。

「それでも、普通に街を歩いて、鉄道や飛行機に乗ったりすれば、周辺のどこかで顔を記録されます」

「変装したということだね」

「どこへも行っていない、という確率が最も高いと演算されています」ロジが言った。

「まだ、調査は続いているので、もう数時間待ってほしいとのことでしたが」

「それで、明日の朝なんだ」僕は頷いた。「ところで、セリンとペネラピは、どこかへ行ったの?」

「いえ、もうすぐここへ来ます」ロジは片手を顳顬に添えた。なにかを参照しているのだろう。単に時刻を見ただけかもしれない。「あと一時間と二十分で到着する予定です」

「え、早いね。そんなに急がなくても……。スピード違反で検挙されるよ」

「クルマではありません」

あのクルマに乗ってくると思っていた。ほかの乗りものらしい。そうか、ジェット機から降ろしていた荷物が、そのためのものだったのだ。

「二人がここへ来るまで、私がグアトを守ります」ロジが横を見ながら、ぼそっと言った。かなり大事な内容であるが、当たり前のことを確認するような口調だった。

ロジは寝ないというので、僕もリビングにいることにした。しかし、やはり疲れていたのか、ソファで眠ってしまった。

夢を見た。恐竜が遊園地で飼われていて、飼育員が餌をやるところを入園者に見せていた。その餌は、動物や魚だった。餌を運んできたのは、鉄道の貨車で、大変な量だった。港に届いたものをロープウェイで岸壁の上まで運ぶ設備もあった。ほとんど恐竜の餌を運ぶためのものだという。経費がかかって、遊園地は赤字だった。

目が覚めると、まだ夜中のようだ。

ロジがいない。玄関の方で音がして、セリンとロジがキッチンへ入ってきた。時計を見ると、午前三時だった。ペネラピは、屋外のパトロールをしているのだろう。

僕は、寝室に引っ込み、ベッドで寝ることにした。すぐに眠りに落ちたが、残念なことに、夢の続きは見られなかった。

ロジに起こされたときには、窓が明るかった。頭がぼうっとしたまま、地下へ行き、カプセルに入った。

僕は、氷の上に立っている。湖が凍《こお》っていた。足許を見ると、氷には白い亀裂《きれつ》が入っている。しかし、割れて離れるようなことはない。透明なので、亀裂が目立って見えただけだ。

オーロラが現れた。涼しそうなワンピースで、この場所にまったく相応《ふさわ》しくないが、彼女は人間ではないのだから、そう感じる方が不自然なのである。

「お疲れのところ、朝早くから申し訳ありません」オーロラが上品にお辞儀をした。

「ヤーコブが、貴女に会ったと話していました」僕は、急にそれを思い出した。

「データのやり取りをしただけです。直接個人的な会話をしたわけではありませんし、そのようなことに意味もありません」オーロラは微笑んだ。「会うという表現は、あまりにも漠然としています」

「私を安心させようとしたのでしょう」僕は言った。

「好意的なお考えです。ヤーコブは、ドイツ情報局の人工知能のうちでは、最も新しく、高性能なのですが、まだその能力を発揮するような機会に恵まれておりません。今回の事件や爆撃について、広く情報収集をし、深い考察なりシミュレーションなりで成果を挙げてもらいたいものです」

「そうそう、あれには気づきました。えっと、ペネラピに、なにか発信器を装備させたのですね?」

「恐れ入ります」オーロラは微笑んだ。その表情は、僕が思いつくことを予測していた、といったところか。「高周波音波と低周波音波を組み合わせたものが、動物に対する信号波として利用できます。人間の耳には聞こえません。古来用いられている笛や太鼓などで、この種のものが多数存在しました」

「水の中でも伝播《でんぱ》するのですね?」

「潜水艦のソナー、それに魚群探知機がその応用です」

「レストランのデッキで、低い唸り声を聞きました。あれは、動物の声だったのではなく、低周波信号が、水かデッキの骨組みを振動させ、共鳴していたのではないでしょうか。同じような音を、恐竜が現れたときにも聞きました」

「ペネラピが発したのは、呼び笛のような信号だけです。それがきっかけとなって、動物が現れたと考えられます」

「その後、やはり音波で簡易なコントロールを何者かがしていたわけですね？　それがあの唸り声になった。近くの構造物が共鳴振動している音だった」

「セリンが記録したデータを解析中で、まもなく結果が出ますが、複雑な信号ではなさそうです。ただ、来い、止まれ、持ってこい、といった指示で、動物の調教に用いられるものと類似しています。それくらいの指示しかできなかったはずです」

「では、トランスファが残したというデータとは、また別のものですか？」

「はい。動物をコントロールする目的としては同じですが、耳に届いて動物の頭脳が反応するものか、それとも、頭脳を経由せず、直接神経信号として肉体の運動をコントロールするものか、という違いです。前者は、動物を飼育する過程で何度も経験させ、動作を教えなければなりません。一種の条件反射であり、確実ではないものの、生態的なストレスが生じにくい利点があります。後者は、動物のロボット化といえます。この場合、長く続けると、なんらかの拒否反応が発現し、頭脳や神経を部分的に損傷する危険があります」

「あの研究所では、動物を操る技術に取り組んでいたようですね。動物園では、その実験をしていた。最近いなくなったウォーカロンの研究者たちが、関わっていたのですか？」

「得られている情報から、そう考えるのが妥当だと演算されます」

「彼らは、何故研究所を去ったのですか？」

「明らかに違法な研究を行っていました。おそらく、ウォーカロン・メーカから資金が流れていたことでしょう。正規の研究員に行わせるにはリスクがあります。研究は、劇的な成果を得るところまでは到達していなかったはずです。それでも、人間のウォーカロンに応用可能なデータは得られます。メーカにとっては研究を続けさせる価値がありました。ただ、長期間同じ場所で活動すれば、周辺から情報が漏れます。隠しきれなくなります。ドイツ情報局は、そういった部分的なリークを受け取っていたはずです。決定的な証拠が出るまでは表立って動けませんが、内々に調査を開始していたと考えられます。そういった状況にあって、身の危険を感じたため、研究員が辞めていく。すると、残された者は、ますます危険が大きくなったと感じることでしょう。その連鎖で、あの人数が短期間に退職し、また研究所長も辞任しました」

「その研究や開発に関わっていた動物たちは、どうなったのでしょう？」

「わかりませんが、事件が発生していることと無関係ではないはずです」

「辞めた研究員たちは、どこへ？」

「ミサイルを発射したのは、中央アジアの小国です。政治的には、モスクワに近い。その場所にいる者が、一連の研究の依頼者だったとは断定できませんが、そこに影響力を持った人間であることはまちがいありません。現在、ドイツ情報局、ならびに公安が、調査をしています。まもなく、なんらかの結果が報道されることになりましょう。研究所を去ったウォーカロンたちは、まだ近くのどこかに潜んでいる可能性が高く、爆撃があった以上、情報局も警察も本格的に、また徹底的に捜索をするものと予想されます」

4

その後、ドイツ情報局からの連絡はなかった。警察からも、簡単な問合わせがあった程度だった。その翌日になっても状況は変わらず、また研究所の爆撃に関しても、詳しい報道はなかった。あれだけのことがあったのに、というのが僕の印象である。

もっとも、一般にはミサイルによる爆撃とは捉えられていない。なにかの事故で爆発騒ぎがあって怪我人が出た、というだけだ。ニュースとしては、歴史的な宮殿が崩落したので、観光資源として大きなマイナスだ、という評価だったが、現在では観光資源の大多数はヴァーチャルへ移行しているのだから、その点でも重要視されていないことは明らかだった。

ちなみに、シャチも恐竜も、一般市民がアップした不鮮明で僅かな時間の映像が公開されていただけで、まったく注目されていない。誰も本物だとは受け止めていないのだろう。

「ようするに、人間というのは、信じられない存在に出会ったとき、それが現実だとは認めない。そういう精神構造というか、処理機能を持っているんだね」僕はロジに話した。これに類する話は、以前にもしたような気がする。幽霊に出会ったときだっただろうか、それとも、リアルの肉体を捨てて、ヴァーチャルで生きる人たちに接したときだっただろうか。

「現代の人たちは、どんなものでも信じてしまえる一方で、自分に都合の悪いものは受けつけません」

「そういえば、昔話で、巨人が登場したり、恐竜よりももっと巨大な動物が出てくる話があるよね。大きいというだけで、みんなが驚いて逃げ惑うんだけれど、あそこまで大きくない方が、もっと動きやすくて、物理的にも成立すると思う」

「動物でも、ライオンもトラも、それほど大きくはならなかったわけです。大きくない方が強かったし、狩られるものからすれば脅威だったわけですね」

「そう、大きいことは、強いこととは違う。たとえば、アリは、巨大な人間を恐れない。むしろ小さいものの方が、脅威となることがあるね」

「遊園地の恐竜は、でも、凄《すご》かったですね。恐竜を沢山飼育して、なにか事業ができないでしょうか?」

「駄目だと思う。ロボットの方が安全で使いやすい。餌代がかかるし、飼育環境を整えるのもエネルギィがかかる。病気で死んでしまったら、修理ができない」

「そういう非効率なものに、研究資源を投入していたわけですか」

「いや、研究となれば、また話は別だし、それに、そんなことを言ったら、人間のウォーカロンなんて、どうして作り続けるのか、何の価値があるのか、という議論になる」

「人口が減っていることが、不安だからでは?」

「人間がそもそもいらなくなっている。人口を増やすことに、これといって明確なメリットはない。仲間もそんなにいらないし、経済にも無関係だ。あるとしたら、人権の数が増えて、つまり政治的な力になるというだけ。選挙の投票数としての意味しかない。人口を減らす方が、エネルギィ問題にも環境保護にも有益だし、あらゆる面でメリットがある。ただ、あまり減らしてしまって、絶滅したりしたら大変だけれどね。うん、この、大変だと感じるのも、人間の発想であって、地球環境的には、どうってことはない。人間が絶滅した方が平和だし、自然環境も劇的に改善されるし、ほかの動植物にはありがたいことだといえる」

「人類がヴァーチャルにシフトしたら、それを維持するエネルギィのマネージメントだけが、問題になりますから、それを担うのが、ウォーカロンなのではないでしょうか」

「ロボットで充分だと思うよ。というよりも、ウォーカロンはもう人間だから」

三日めになって、ツァイラ刑事から連絡があった。

「遊園地の奥の森を捜索していて、ちょっと不思議なものを発見しました」ツァイラが言った。「ご覧になりますか？」

そう言われると、見ないわけにはいかない。僕とロジは、ツァイラが送ってくる信号をリアルタイムで見ることになった。解像度は少し落ちているが、現場にいるツァイラが今見ている映像だった。

彼は森の中に立っていて、周囲に警官が数人いた。

「ここへは道路も通じていません。遊園地から五キロほど入ったところで、自然保護区域ですから、許可がないかぎり立入り禁止です。例の恐竜を探している捜査チームが、この小屋を見つけました」ツァイラはそちらへ近づく。「周囲は、樹の枝などでカモフラージュされていました。それらを取り除いたところです」

樹脂製のフィルムで作られた仮設の小屋だった。空気を入れて膨《ふく》らませることで構造が成り立つテントに近い。入口があり、そのドアを開けて、ツァイラが入っていく。

「最近まで使われていた形跡があります。太陽光発電の配線が屋外にありました。通信機器、コンピュータなどもあります。食料も残っていました」

室内にはデスクやベッドらしきものがあり、一人の人間が生活していたことを示している。窓はないものの、天井はほぼ半透明になっているため、外の光が入って暗くはない。

「空調設備も付属しています。髪の毛が採取されたので、分析中ですが、研究所か、あるいは動物園のスタッフではないかと思われます。これが、ありましたので」ツァイラは、オレンジ色のブレザを持ち上げた。「コンピュータに残っているものも、これから調べます」ツァイラはモニタに指を近づけた。

スリープから覚め、そのモニタに映像が現れた。しかし、映像は横に逸れ、壁の方を向いてしまった。

「あ、ちょっと、モニタを近くで見せて下さい」僕は言った。

「え、どうかしましたか?」ツァイラが答える。

カメラが再びモニタを捉える。右にあるウィンドウが大きい。細かい文字が表示されている。

「右のリストを動かせますか?」僕は要求する。「指を近づけて、上下に動かしてみて下さい」

ツァイラが、そのウィンドウをスクロールさせる。

「プログラムですね」僕は言った。「普通の人が扱うようなものでありません。研究者か、コンピュータの専門家でしょう」

「なるほど。参考になります」ツァイラが答える。「ここで、何をしていたのでしょうね。隠れていた理由があるはずです。それが、急いでどこかへ逃げた。たぶん、近くまで捜索隊が来たのを察知したのだと思いますが……、え？　何だ？」

ツァイラの声が大きくなった。カメラは小屋の入口を向いた。映像が慌ただしく揺れ動き、外に出た。

警官たち数人が立っていた。こちらに背中を向けている。彼らのむこうで樹が揺れていた。

「退避！　撃つな！」ツァイラが指示する。

彼は右方向へ移動し、近くの樹の後ろに入った。

一瞬、離れたところの枝の上に、恐ろしい頭部が見えた。しかし、すぐに見えなくなる。警官たちがこちらへ走ってくる。

「すいません、あとでまたご連絡します」ツァイラが早口で言ったあと、回線が切れた。

「なかなか、臨場感溢《あふ》れるレポートだったね」僕は呟いた。

「大丈夫でしょうか」ロジが困った顔をする。

「えっと、警察の人たちが？　それとも恐竜が？」

「人間が襲われないか、心配です」

「このまえも、襲わなかった。でも、腹を空かせていたら、わからない。普段、あの小屋の誰かが、餌を与えていたのかも」

「自力で生きているとは思えません。動物園で飼育されていたわけですよね。野生ではないから、餌を獲れないのでは？」

「少なくとも、一カ月は生きてきたわけだから……。餌を与えているとしたら、動物園のスタッフだ。その人のところへ餌をもらいに出てきたのかも。今の小屋を使っていた人物とは、違うんじゃないかな。断定はできないけれど」

「なんか、可哀想になってきました」ロジが眉を寄せる。

「恐竜が？」

「はい」彼女は頷いた。頻繁に観察される感情ではないように思った。

5

ロジと相談して、セリンをその小屋へ派遣することにした。僕は、何をするべきかをセリンに話した。彼女は、ショルダタイプのダクトファンを使って、数時間で現地へ到着できる。むこうで調査をし、エネルギィ補給をして戻ってくる、というミッションである。

僕は最初、ペネラピに行ってもらおうと考えたのだが、ロジが反対した。それでは、僕の警護が手薄になる、というのが理由だった。ツァイラには、セリンがそちらへ行くと連絡をしておいた。もしかしたら、入れてもらえないかもしれない。そのときは素直に諦めて帰ってきなさい、と伝えた。セリンはすぐに出発した。

十一時頃に、ドイツ情報局のミロフが、ヴァーチャルで会いたい、と言ってきたので、僕はまた地下室へ下りていった。このときはロジも一緒だった。その間、家の留守番はペネラピの任務である。

荘厳な雰囲気の建物で、国会議事堂ではないかと思えるほど大規模だった。むこうはミロフとヤーコブの二人で、どちらも若い男性である。ミロフはいかにもドイツ人といった風貌《ふうぼう》だが、ヤーコブはラテン系の雰囲気がある。並ぶと、対照的ともいえる風貌であるが、いずれもスーツにネクタイという堅苦しいファッションだった。僕とロジは、まったくのカジュアルだったので、場所に全然マッチしていない。

会議室にでも案内されるのかと思っていたら、正面の階段の途中で話が始まった。

「ミサイルを発射した位置は特定できました」ミロフが報告した。「その国の政府は、もちろん関与を否定しています。友好国ではないので、世界政府会議の議題として取り上げてもらうなど、手続きに時間がかかりそうです。むこうの公式な見解は、国内のテロ組織の誤射ではないか、というものです。誤射ではありません。全機が正確な同一の軌道で飛び、二機は命中しています。研究所と動物園を狙ったことは確実でしょう。爆破の様子から、地上のものではなく、いずれも地下構造物を破壊しようとしたこともまちがいありません」

「誰かを殺そうとしたのですか？　それとも、設備を破壊したかった？」僕は尋ねた。

「人物の殺害ではなく、証拠隠滅が目的と演算されます」答えたのはヤーコブだった。

「つながりを証明することは難しいと思いますが」ミロフが言う。「バックには、フスかホワイトがいるはずです。研究所に裏で資金提供し、動物実験などを行わせていたのです。関係した研究員が逃亡し、残された証拠品が心配だったというわけです」

「どうも、まだよくわからないのですが、大型の動物をコントロールする研究の目的は何だったのでしょうか？」僕は尋ねた。ずっと疑問に思っていたことだった。

「私にはわかりません」ミロフが即答した。「誰にもわからなかったのでは？」

「不思議なことをおっしゃいますね」僕はミロフの返答に、興味を持った。「どういうことですか？」

「私がお答えします」ヤーコブが話した。「研究テーマは、前世紀からのものです。HIXで行われていた研究は基礎的なものでした。もちろん、人間型ウォーカロンの開発に応用できる、そのための動物実験だった。人間よりも早く成長することが最大のメリットでした。そして、それらに対する論文も公開されていた時期があります。基礎的な段階で、少なからず抽象的でしたし、仮説の構築がメインだったのです。研究者は、当時から同じ人物です。人間は急に長く生きられるようになった。新細胞の移植技術の進化が寄与しています。そのうちに、動物のコントロールは、ある一つの研究分野として発展を遂げました。同時に、ウォーカロン・メーカの競争も激しくなり、研究成果を外部に出せなくなりました。ドイツのＨＩＸは、最後までウォーカロン・メーカとして生き残るものと目されていましたが、残念ながら、そうはならなかった。多くの研究者が、国立の研究所へ転職しました。それは、秘密裏に蓄積された研究成果を国外に持ち出されないことが、将来的な安全保障に有益だと政府の人工知能が演算した結果です。当時は、私はまだ生まれておりませんが」

「なるほど、わかりました」僕は頷いた。「当時は研究する価値があった。今ではその理由は失われている。しかし、研究をしている本人たちは、社会的な価値など棚に上げて、学術的な成果を追い求めようと、そのテーマを進展させた。それが、歪《いびつ》なものの開発という結果になった、というわけですね？」

「はい、ほぼ、そのとおりです」ヤーコブが答える。

「でも、そんな古いテーマでは、研究費が下りないのでは？」ロジが小声で呟いた。

「そうです。少なくとも我が国は、許可しないことでしょう。考古学的な価値しか見出せません」ミロフが答えた。「そうなると、なにか目的を作らないといけない。戦闘能力がある兵器として利用価値がある、といった謳《うた》い文句《もんく》を考えて、その価値を信じる発展途上国に売りつける。そこで、それができるのはどこか、という問題になります。少なくとも、そのビジネスが展開でき、研究資金を提供し続けても、それが取り戻せると考えられるのはどこか……」

「今現在も、それが続いている、と?」僕は尋ねた。

ミロフは無言で頷いた。ヤーコブは、対照的に首を横にふった。しかし、意味するところは同じかもしれない、と僕は解釈した。

彼らと別れたあと、ロジは上の階へ戻ったが、僕はそこに残って、情報検索をすることにした。まず、二つめの事件の被害者である釣り人、ジョン・ラッシュについて調べてみた。イギリスから来ていたということだったので、イギリスのサーバで検索した。

彼は技術者だったという。そこが引っかかっていたこともある。イギリスのマスコミでは、この事件について報道されていない。ドイツのマスコミも、被害者に関する詳細な情報を公開していなかった。誰かが、個人情報の公開を拒否した、ということだろうか。

キッチンへ上がっていくと、ペネラピがいた。ロジは買いものに出かけたという。食料品の補充らしい。人数が増えたからしかたがない。

「最近は、イギリスにいるの?」僕はペネラピにきいた。

「どうしてですか?」彼は応える。

「名前が、それっぽいから。それから、日本から飛んできたにしては、多少時間が短かったこと。ロジが、君が来る少しまえに、イギリスにアクセスすれば詳しいことがわかると話していた。君のことが頭にあったのだと思う」

「どこにいるのかは、お答えできませんが、何が知りたいのですか?」

「ジョン・ラッシュというイギリス人、技術者らしい、年齢は百三十七歳、ドイツに別荘を持っている」僕は言った。「該当する人を調べてほしい」

ペネラピは無言で頷いた。

「お礼にコーヒーを淹れてあげようか?」僕は尋ねる。

「いりません。外を歩いてきます」

彼は部屋を出ていった。家で一人になったので、仕事室へ行き、窓から表を見た。すると、ビーヤがこちらへやってくるのが見えた。ドアをノックするので、慌ててそちらへ行き、ドアを開けた。

「こんにちは、グアト」ビーヤは顔中《かおじゅう》で微笑んだ。

「こんにちは」こちらも笑顔をつくって応える。

「ロジは?」

「買いものに出かけました」

「そうよね、クルマがないもの」ビーヤは言う。「今、出てきた人は誰? いえ、立ち入ったことを聞くつもりはありませんよ。ただ、ちょっと気になっただけなの。妹さんでもないでしょう? お知り合いなの?」

「ええ、ロジの親戚《しんせき》で、その、従姉妹《いとこ》のお嬢さんです」

「ああ、良かった。散歩に出かけられたのね。大丈夫かしら、一人で」

「大丈夫だと思います。空手の達人ですから」

「カラテ?」

「武術です」

「いえ、そういうことじゃなくて、道を間違えたりしないかしら。あちらへ行かれたわよ」ビーヤは指を差した。村の方ではなく、草原へ上る方角で、つまりなにもないところなのだ。

「気づいて、すぐに戻ってくるでしょう」

「そうね、そうかもしれない」ビーヤは言った。

クルマの音がして、ロジのオープンカーが近づいてくるのが見えた。ビーヤは、ロジに手を振りながら、自分の家に戻っていった。

クルマは、家の横のスペースに駐車され、ロジが幌《ほろ》を閉じようとしている。僕は、荷物を持つために、そちらへ行き、助手席の袋を三つ抱えた。

「ビーヤにペネラピのことをきかれたから」僕は小声で伝えた。「従姉妹《いとこ》のお嬢さんと言っておいた」

「お嬢さん」ロジが繰り返す。「ということは、セリンとは再従姉妹《はとこ》になりますね」

「セリンは、君の娘じゃないから、それは違う」

「そうか、妹でしたね」

「表向きは妹だけれど、実は娘だというのは、ありそうだね」

「何がいいたいのですか?」

現代では、ほとんど意識されない遠い血縁ということになる。そもそも、兄弟が少ないし、子供が生まれない家の方がメジャなのだ。ロジの家系は、多産だと思われたことだろう。実際には、ロジの血縁者について、僕は一人も知らないし、僕の血縁者をロジに紹介したことも一度もない。現代では、夫婦という人間関係が、ほぼ消滅している。人は個人で生きていて、長い人生のある時期、他者とパートナになる程度だ。それは、大家のビーヤとイェオリだって、同じことだろう。

6

ペネラピが戻ってきた。ジョン・ラッシュについてのデータを僕のメガネに転送してくれた。それを眺めつつ、ロジが買ってきたパイを食べた。

ドイツ警察は、ラッシュの死について報告していない。それは、彼の躰が一部しか見つかっていないからだろう。死を確定できないのだ。ただ、湖畔に残されていた躰の一部が、ラッシュのDNAと一致していた。重傷を負ったことは事実だ。

イギリスのサーバでは、ラッシュは十年以上まえから、仕事をしていない。一人でロンドンの郊外に住んでいた。それよりも古い情報は、一般公開されていないはずだが、そこは情報局の収集能力なのか、それとも人工知能の処理能力なのか、過去のデータまで遡《さかのぼ》って、断片的な事項が集められていた。

それらに目を通していく。最初に気づいたのは、ラッシュが百年もまえに電力会社に入社したことだった。その後、コンサルタント業に転職したが、専門はコンピュータだ。技師としての仕事をしていたのだろう。仕事関係のデータで見ていくうちに、ある企業から支援を受けて起業し、その後、その自社を、支援を受けた企業に売却していることがわかった。そのときに得た資産で、悠々自適な生活を送っていたのだ。

彼の会社を買ったのは、ヴィリ・トレンメルが率いる会社で、ヴァーチャルでの生活を支援する情報関連の大企業だった。トレンメルは、電力開発やコンピュータ機器、あるいはソフトウェアなどの部門でもビジネスを展開している。ラッシュの会社を吸収したのは、ソフトウェアの部門のようだ。

「なるほど」僕は思わず呟いていた。

「どうしたんですか?」ロジがきいた。

メガネを外すと、テーブルの対面の席に彼女が座っていて、肘《ひじ》をついた両手に顔をのせていた。

「釣り人の被害者について、ペネラピに調べてもらったんだ」僕は答えた。

「彼から聞きました」

「ただの釣り人ではなさそうだよ。といっても、釣りの達人だったわけでもない」

「それはわかります」

「トレンメルと関係があった」僕は話した。

ヴィリ・トレンメルと知り合ったのは、つい最近のことだ。近くに彼の別荘があって、ロジと一緒にそこに招かれた。既に引退の身であるものの、彼の会社は、ヴァーチャルへの移住をサポートするサービスを売り物にしている。成長著しい新たなビジネスとして注目されている分野だ。

「えっと、でも、どうつながるのですか？」ロジが首を傾げた。彼女は斜めに壁を見ていたが、すぐにこちらに向き直った。「そうか、いなくなった研究者たちの引越しを手伝いにきていたのですね？」

「そうそう。なかなか上手い表現だね」僕は感心した。その正解には配点以上の得点をあげたいくらいだ。

「でも、死んでしまったのでは？」

「たぶん、彼も一緒に引っ越したんだ」僕は答える。

ロジは、少し口を開けて、首を上下に動かした。目は宙を彷徨《さまよ》っていて、この顔は滅多に見られるものではないから、僕はじっくりと観察した。

「セリンが、もう戻ってくるのでは？」僕は尋ねた。

「まもなくです」ロジは即答する。他所を見ているのに、会話には支障がない。情報局員らしいマルチタスクである。「それで、あの小屋を調べにいかせたのですね？」

「そこまでは考えていなかった。でも、なにか手がかりがありそうだとは期待していた。単なる勘だけれど」

キンケル研究員から、簡単なメッセージが届いた。僕たちが宿泊していた部屋に、なにか置いてあったものはないか。大事なものなら探します、とのこと。ロジやセリン、それにペネラピにも確認をしたが、そういったものはない、と返答を送っておいた。僕自身も同様で、持って出られなかった荷物はない。そもそも、泊まるつもりで行ったわけではなかったからだ。

午後になって、セリンが無事に戻ってきた。警察にも許可を得て、遊園地の奥の森にある小屋に入った、その映像記録を見せてくれた。さらに、モニタを眺める振りをしているとき、彼女はコンピュータのデータの大半をスキャンして記録してきた。簡単なプロテクトしかかかっていなかったらしい。

室内で見つかったキィが、ジョン・ラッシュの別荘のものだった、という情報も新たに伝えられた。

「あの小屋に、ラッシュ自身が来ていたのか、あるいは被害者から奪ったものなのか、両方の可能性を警察は考えているようです」セリンが報告した。

「おそらく、あの小屋にいたのが、ラッシュ本人だったんじゃないかな」僕は言った。

「あそこから、湖へ出るとしたら、どの辺になる?」

セリンが地図を投影してくれた。例の展望台は、半島のように湖に突き出した場所にある。小屋は遊園地から五キロも森の奥になるが、湖は入り組んでいて、最も近いところでは二キロ以内で湖に出られることがわかった。森には道路はなく、そこから小型ボートで移動していたのだろう。釣りをしていて襲われた地点は、さらに四キロほど南になる。ボートで十五分程度の距離だ。その近くに、ラッシュの別荘もある。

「小屋からは、一人の人間の指紋しか見つかっていません。警察は、人物を特定していませんでしたが……」

「もう判明している頃だね。ラッシュのほかの人間はあそこに来なかったのか」僕は考えていることを呟いた。「動物園の飼育員か、それとも行方不明の研究員たちと関係があると想像したんだけれど」

「森の捜索が続いていますから、まだなにか出てくるのではないでしょうか」セリンが言った。

「なにも食べていない?」僕はセリンにきいた。

「え? 食料はまだ半月分は残っていました」

「そうじゃなくて、君のこと」僕は言った。

ロジが、セリンのまえに、ランチの皿を置いた。

「ありがとうございます。いただきます」セリンは、ロジを見て頭を下げる。

「食べながらで良いよ」僕は言う。「コンピュータは、ローカルなネットワークだった?」

「それもありますが、小屋の近くの樹の上に、小型のパラボラアンテナが見つかっています。南を向いていました」

「衛星通信だね」僕は頷いた。「コンピュータ技師だから。使っている機器も最新のものだし、容量も大きい」

「別荘ではなく、あんな場所に隠れてするようなことだったのでしょうか?」ロジがきいた。

「それはたぶん、情報局の調査を恐れていたんじゃないかな」

「研究所と関わっていた、とお考えですか?」ロジが尋ねる。

「そうだね」僕は頷いた。「ボディの消去の方法が、一番それらしい」

「自分の躰を、動物に襲わせたと?」ロジが眉を顰《ひそ》めた。

「電子的な仕事だけならば、イギリスにいてもできたはずだ。わざわざ近くへ来たのは、その処理を考えてのことだったんじゃないかな。だいぶ以前から、そうだった。別荘を買った頃から」

「ということは、ラッシュはもう、依頼された仕事を終えたのでしょうか?」ロジが尋ねた。

「たぶん」僕は頷く。「研究員たちも、おそらく、もうリアルでは生きていない。みんな、あちらへ引っ越した。そう、研究所自体も、ヴァーチャルへそっくり引っ越しただろう。その段取りや作業をラッシュが引き受けていた。そして、リアルの研究所をミサイルで壊してしまった。人間のボディのように」

それを聞くと、ロジはすっと立ち上がり、地下への階段を下りていった。日本の情報局に知らせるつもりだろう。

テーブルには、セリンが残っていた。まだ食事の途中だ。

「なんというのか、壮絶な感じがします」彼女はフォークを持つ手を止めて言った。

「壮絶?　うーん、まあ、そう言われてみれば、壮絶かな」僕は短く息を吐いて、椅子の背にもたれた。

せっかくボディを常に新しくして、ほぼ永遠に生きられるようになったばかりなのに、さらに完璧《かんぺき》なものを求めて、人間は自分の精神を電子界の中で生きさせようとしているのだ。

僕は、個人的に、その生き方について、これといった感情を抱いていない。賛成もしないし反対もしない。理解はできるし、嫌悪もしないけれど、でも、どこかまだ違和感を抱いてしまう。なにかが、不足しているような感覚を持っている。それは、精神、つまり人間の頭脳活動が、本当に電子化できるものなのか、という疑問に完全に答えることができないからだろう。

現在の記憶と、頭脳の計算能力をデジタルで移植したとき、たしかに、そこに同等の機能が再現できる。生きている感覚もたしかに得られるだろう。人間の心、スピリッツは、ヴァーチャルでも遜色《そんしょく》なく活動するし、むしろより活発に機能するだろう。

しかし、本当にそれが生きていることになるのだろうか？

この思考が行き着くところは、生きていることの価値は何か、である。

ヴァーチャルでは、人間が生きることで得られる感覚のすべてを再現できる。すなわち、生きている心地がする。だが、その心地は、本物なのか？

かつて、人間は子供を産み、新しい世代に将来を託した。また、常に成長と老衰という経時変化とともにあった。老化を科学的に回避したとき、子孫を産む能力を失った。それは、もともと同じものだったからだ。

植物は枯れるから種を残す。死ぬから生まれる。成長することも老化することも、同じ現象であり、それは人類だけでなく、すべての生命の遺伝子に組み込まれたプログラムだった。

そのプログラムから逃れようとすることは、パラダイム・シフトにはまちがいないが、しかし、そこで失われるものが必ずあるだろう。それを予感させるものも、このプログラムによる自己防衛反応にすぎないのか、それとも、大いなる絶滅の危機に対する最後のストッパとなりうるものなのか。

僕にはそこが、まだ、どうしても見極められないのだ。

7

夕方になった。リアルの世界の、たまたま僕がいる地球上の位置が、天体の運動によって、その条件になったというだけだ。

オーロラから呼出しがあり、僕は一人で地下室へ下りた。

オーロラと会うときは、いつも場所を彼女に選ばせている。同じ場所で会うことはない。また、必ずしもリアルに存在するどこか、というわけでもないようだ。オーロラが、適当に創作しているのだろう。人間が気晴らしに歌ったり、詩を書くようなものかもしれない。

真っ直ぐの川に浮かぶゴンドラに乗っていた。川の両側には大きな樹が整列している。

堤防はなく、両側の土地と水面の高低差も大きくはない。流れはほとんどわからないくらい緩やかだった。

「研究員たちの居場所がわかりましたか?」僕は、挨拶もせずに尋ねた。

「まもなく判明すると思われます。この界隈《かいわい》で活動をしていれば、仲間だけではなく、世界中《せかいじゅう》の研究者とやり取りをすることになります。そうした通信まで、すべてを隠すことはできません。研究者が最も、籠《こ》もることが難しい職業といえます」

「それは、思いもしませんでした」僕は微笑んだ。「自分たちは、籠もっていると、みんな感じてるはずです」

「むしろ、周囲の人たちと一緒に生きていると自覚している一般人の方が、傍観すれば、意見や知見を交換せず、一人で生きている、いわば孤独な生活といえます。我々人工知能は、そのように評価をしています」

「なにか、新しい演算結果が?」僕は尋ねた。

「申し訳ありません。世間話をしてしまって……」オーロラは優雅に微笑んだ。「実は、貴方に会いたいとおっしゃる方がいるので、お連れしました」

僕は、周囲を見回した。ゴンドラに乗っているのは、僕とオーロラの二人だけだった。誰かが現れるのか、と待っていたが、なにも起こらない。すると、オーロラが片手で示した。

川をこちらへ進んでくる船があった。こちらと同じようなゴンドラで、向きが反対だった。ゆっくりと近づいてきて、すぐ横につけて停まった。といっても、相対的なことであり、川は流れている。それは風景の移動でわかった。こちらが上流へ向かい、むこうは下流へ向かっていたのだ。

中央に女性が一人座っていた。見覚えのある顔だったが、以前の印象とはだいぶ違った。キャサリン・クーパ博士である。淡い紫色のフードを浅くかぶっていた。レインコートのようにも見えた。

「こんにちは」彼女は片腕を伸ばして言った。「お久しぶりです。またお会いできて光栄です」

「こちらこそ」僕は彼女の手に軽く触れた。船が傾きそうで、あまり近づけない。

キャサリン・クーパは、生物学の研究者で、電子界における子孫デザインのモデルを作った人物だ。彼女は今ではヴァーチャルにしか存在しない人格である。

「オーロラさんから、動物のウォーカロンについて相談を受けました。その話をしていて、グアトさんに会いたくなりました。直接お話ができるなら、その方がよろしいだろうと思いましたの。私の知っていることが、お役に立つかもしれない、とほんの少しだけですけれど、期待しています」

「どんなお話ですか?」僕は尋ねた。

「ウォーカロン・メーカのＨＩＸで、かつて行われていた動物を媒体としたウォーカロンの研究は、当初想定されていた以上の成果を生み出しました」クーパは語った。「動物を繁殖させる過程で、子供が生まれなくなったためです。生殖が可能な個体とそうでない個体の差は、脳細胞に加えられた人工添加物に起因するものでした。これは、人間が人工細胞を取り入れた結果、生殖機能を失ったのと同じメカニズムでした。しかも、社会的な大問題になるより数十年も早く発見され、ほぼプロセスが同定されていたのです」

「そんなに早くから？　もしかして、その対処についても？」

「おそらく」クーパは頷いた。「しかし、それは私の想像です。それらの情報は、共同体としてのホワイト内でも共有されていましたが、外部には出ませんでした。研究条件を厳密に規定できず、一般的に広く認められる症例とは見なされない、というのが公式の理由でしたが、もちろん、ウォーカロン・メーカとしての利害を演算した結果であったと思われます。もし、その症状が人類に広がっても、それは、むしろメーカの利益になるとの予測があったためです。現に、その後の社会は、その演算のとおりに推移しました。人工知能のシミュレーションは間違っていなかったのです」

「人類が絶滅しても良い、と考えたのでしょうか？」僕は尋ねた。

「それは、私にはわかりません。私が生まれるまえのことですし、私が研究者となったときには、既に手遅れでした。ただ、ＨＩＸには、その現象の各種条件下における実験データが多数ありました。一部ですが、動物を使って、生殖機能喪失の原因を突き止める研究成果も得られていたので、その対策も当然検討されていたはずです。当初、それらの担当をしたのは、研究員の中でも比較的若い、アシスタントの人たちで、その大部分は、さらに若いウォーカロンに引き継がれました。上から命令されるまま、実験を繰り返し、データを取り続けていました。最先端の研究を任されるのは、優秀な人間の若者であり、研究者の間で差別的な階級関係が存在していたのです。私は、自分の研究所に来たウォーカロンから、この話を聞きました。どこの部署で、どれくらいの人数が、また、どれくらいの期間、このような不合理を見逃していたかはわかりません。それを調査したこともありません。しかし、今回の事件で、ドイツの生物研究所から研究員が大勢一度に失踪したと聞いて、昔のことを思い出した次第です」

「では、動物ウォーカロンを兵器として使うことが目的ではなかったのですね？」

「それは、ずいぶん昔のこと。最初の動機はそれだったかもしれませんが、最近では違います。新しい人工細胞、そして人工臓器の開発と生産、つまり、生殖機能と両立する医療の根幹にある技術に寄与するものです」

「かなりまえから、実現していたのでしょうか？」

「明らかな証拠はありませんけれど、私の印象としては、ええ、そのとおりです。少なくとも三十年から五十年まえには、実用レベルにあったことでしょう。ＨＩＸは持ち堪《こた》えることができませんでしたが、ウォーカロン・メーカは、社会で人口減少問題が広がって、ニーズが高まるのを待っていました。満を持して、新治療法として発表したのだと思います」

「その関係で、表に出ては困る古いデータを削除する必要があった、というわけですか？」僕はきいた。

「世界的な大問題ですので、不用意に私見を申し上げるわけにはいきませんけれど、その可能性はあると思っております」

「証明できませんか？」僕はきいた。

クーパは、少し微笑んでから、首を横にふった。

僕は、オーロラに視線を向ける。

「入念に計画されたものです」オーロラはゆっくりとした口調だった。「おそらく、すべてにわたって、処理が完璧に実行されているものと予想されます。すぐに発見できるような証拠は存在しないはず。その確率が非常に高いかと」

「たとえ、証拠が見つかっても、なにも事態は変わりません」クーパが言った。「時間を戻すことはできない。社会を変えることもできません。責任者を追及して、罪に問うことができたとしても、救われるものは、何一つありません」

僕は長い溜息をついた。

「たしかに……」それしか、言葉にならなかった。

誰かに責任が集中している問題ではない。明らかに、組織的な不正行為といえる。だが、法律で厳密に規制されていたわけではない。研究は、ある意味で頭の中の想像活動のようなものだ。すなわち、ヴァーチャルなのだ。仮想するだけなら、なにを考えても犯罪とはならない。それと同じか。

企業は、企業が生きることを最優先する。自社の利益を得るために、知っていても知らないことにする。すぐに提供できるものを、倉庫に温存する。そういった行為は、時代を読む機転と捉えられているだろう。たとえ、それで全世界の人間が不利益を被《こうむ》っても……。

戦争などで儲《もう》けて、発展した企業もある。その種のものは、「死の商人」と呼ばれたものだが、正当なビジネスとして、権力を握る結果になった。昔の話ではない。ここ最近の歴史を振り返るだけで、いくらでも例を見つけることができるだろう。

「リアルの世界は、汚いということですか?」僕はクーパに尋ねた。

「人は、死を想《おも》うものです」彼女は言った。「死を想うからこそ、優しくなれる。正義の根源はそこにありました。死を想像できない者は、もはや人間ではないかもしれませんね」

「ヴァーチャルだって、楽園が築かれるとは思えませんが」

「私も、楽園を信じているわけではありません」

「暴力がないというのは、死の恐怖がないのと、同じことです」僕は言った。しかし、そこで言葉に詰まった。「いえ、申し訳ありません。自分の言っていることがわからなくなりました。少し考えたいと思います」

十秒間ほど、黙って見つめ合った。

「では……」と僕が言うと、

「またお会いしましょう」とクーパは頭を下げた。

彼女のゴンドラが動き出し、川を下っていった。

「おっしゃりたかったことは、理解できます」オーロラが優しく言った。「いえ、私は生きておりませんので、これが理解なのか、ただ理屈の道筋をトレースしただけなのか、はっきりと判別する自信はありませんが……、人間が思い描く理想というものが、けっして現実に存在する条件ではない、とは考え至りました。それは、そもそも矛盾しているからです」

「どう矛盾していますか?」僕は尋ねた。

「常に新しいもの、変化することを求めているのに、あたかも最終目標が存在すると信じる、その矛盾です」

「そう、それは、つまりは言葉なんです」僕は言った。「理想という言葉ができたときに、理想の定義が固定される」

「はい、そのメカニズムです」

8

キッチンに戻ると、テーブルにまだロジがいた。セリンもペネラピもいない。ロジは、さきほどとほとんど同じポーズだった。その格好で昼寝をしていたのかもしれない。僕も、また同じ場所に座り直したが、そこでゆっくりと溜息をついてしまった。

「どうでした？」彼女が囁くようにきいた。

「なんか、虚《むな》しいね」僕は答える。

「修行でもしてきたみたい」

「それに近い」僕は小さく頷いた。「うん、それは良いアイデアだね。どこかの寺にでも籠もって、しばらく修行してこようかな」

「リアルで？」

「いや、できたら、ヴァーチャルで」

「ヴァーチャルの修行なら、簡単だと思います。見学、体験、観光のカテゴリで見つかります。ストレスを抱えている方におすすめ」

「あ、そう……」僕は頷いた。「元気が出るね」

「出ていないみたいですけど」

「あぁあ……、さてと」僕は再び立ち上がった。「やっぱり、木を削っている方が良いかもしれない」

「だから、言ったじゃないですか。変なことに首を突っ込むと、こういうことになるんです」

「そうだ、君の言うとおり」

僕は、仕事場に入って、久しぶりに固い椅子に腰掛けた。何の作業の途中だったのか、と考えながら、周辺にある工具や材料を眺めた。

ナイフで木を削る作業を始める。やりかけのものはそのままにして、一番最初の工程から始めたくなったからだ。寸法などの墨入れは既に終わっているものが、いくつか控えているので、その中から選んだ。

途中で、玄関からセリンが入ってきて、部屋を横切っていったが、無言だった。そのあと、彼女がまた出ていき、次は、ペネラピが入ってきた。彼は、立ち止まって、僕の作業を三秒間ほど見ていたようだが、キッチンの方へ入っていった。

そのうち、ドアや通行人は気にならなくなり、目の前の工作に没頭した。ふと気になって時計を見たときには、午後四時になっていた。

振り返ると、ドアが開いていて、ロジが立っている。

「あの、ミロフ氏からのメッセージが届いてます」

「何て?」僕はきいた。

「むこうでやっていた作業を続けられるよう、データをこちらへ送りましょうか、という問合わせです」

「どっちでも良いけれど」僕は答える。「やってほしいのかな? うーん、日本の情報局、ドイツの情報局どちらかが」

「グアトは、やりたいですか?」

「あまり」僕は首をふった。

「では、断ります」ロジは言った。「コーヒーをお持ちしましょうか?」

「ああ、そうだね」

三時頃に休憩するのが日頃の習慣だったが、それは既に過ぎている。朝から仕事をしていたわけでもないし、今はまだ非日常といえるだろう、と自分に言い訳をした。それから、依頼された仕事を途中で投げ出しても良かったのか、と少し考えたが、そちらも、どうでも良いように思えてきた。自分はもう引退したのだ。深く関わる方がおかしい、と思い直す。

しばらくして、ロジがトレィにカップをのせて、部屋に入ってきた。カップは一つではなく二つ。それに、ケーキのようなものが皿にあった。

「それは、何？」僕はカップを受け取ってきいた。

「ケーキです」

「本物？」

「はい。買ってきました。いりませんか？」

「食べようかな」僕がそう言うと、ロジは微笑んだ。

彼女は、この部屋にもう一つある木の椅子に腰掛けた。トレィは作業台の上に置かれ、カップをそれぞれが手に取った。こうなると、ケーキは食べられない。作業台へ行き、カップを置かないと、ケーキに取り組むことができない。二人とも、まだ、それをしていない。

「元気は、まだ出ませんか？」ロジがきいた。

「そうでもない」僕は答える。「ヴァーチャルで、観光に出かけようか」

「どこへ？」

「あそこの動物園と宮殿」僕は言った。未《いま》だに地名や建物の名前を記憶していないのは、僕の頭の特性によるものだ。欠陥ともいえるのだが、その自覚はない。

「そうですね。ヴァーチャルでしたら、安心かもしれません。護衛がいりません」

「セリンとペネラピには、帰ってもらっても良いかも」

「その判断は、私の仕事です」

「まだ、動物がいるんじゃないかな」

「そうかもしれませんね」

「遊園地は、行かなくても良いかな。一番見たいのは、宮殿」

「なくなってしまうと、見たくなるものですから、たぶん、大勢の観光客が押し寄せているのでは？」

そうなっても、混雑はしない。それがヴァーチャルの利点といえる。他の観光客の存在を認めるか、オンかオフかの選択ができるのだ。オンにしておくと、賑《にぎ》やかだが、煩わしい。ただ、偶然知合いに出会ったりできる。自分たちだけで独占したい場合はオフにしておく。その中間で、周囲の観光客たちを半透明の存在として表示することも可能らしい。そういう話を聞いたことがある。ただ、僕はこれまで、ヴァーチャルの観光をしたことがない。その方面の興味が、僕にはなかったからだ。

そう考えていて、思いついた。

「そうか、出会う可能性がある。いなくなった研究員たちの顔を知っておきたい」僕は、立ち上がって、作業台の上のケーキをフォークで切り、小さい方を口に入れた。「できるよね？」

「顔を知ることがですか？　できると思います。でも、そんなところをうろうろしているとは考えられません」

「場所の設定というのは、案外エネルギィがかかるものだよ」僕は言った。ケーキの第二弾が口に入っていて、発音が不鮮明になっていたので、コーヒーを一口飲んだ。「なかなか美味しいね」

「美味しい食べ方には見えません」

「見た目じゃないよ」僕は微笑んだ。「土地や建物のデータを入力するのは、時間のかかる作業だ。既にあるものを利用する方が簡単だし、慣れ親しんでいた環境が使えるなら、そこで生活することを選ぶのでは？」

「研究員たちが、宮殿にいるというのですか？　ヴァーチャルの宮殿の地下に、研究所がある、という意味ですか？」

「ジョン・ラッシュが呼ばれていた理由があると思うんだ。数年かけて、地下の部分を構築したはずだ。宮殿は、観光用のデータを利用する。研究所だけでは、駄目な理由もあった」

「そうか、動物たちが暮らせるように？」

「そう、まあ、それは見た目の問題だけれど、でも、その処理をプログラムすることは、地道な作業であっても、難しくはないだろう。ウォーカロンが残したとされる不可解な通信履歴は、もしかしたら、ヴァーチャルの彼らが発したものかもしれない」

「そうですね」ロジは頷いた。「本部に連絡して、ちょっと準備をさせて下さい。普通に行って、会えるものとは思えません」

「どこかに、キィがあるはずだ。ドアを開けるキィのようなものが」

ロジは立ち上がり、部屋を出ていこうとしたが、途中で向きをかえ、作業台のケーキを取りにきた。彼女はそれを口に入れ、僕に無言で頷いた。ケーキの美味しさに賛同したのか、それとも、別の同意だっただろうか。

9

夕食の支度《したく》は僕がすることになり、セリンが手伝ってくれた。ロジが買ってきた食材だったので、基本方針はロジのもので、それを尊重して作ることにした。彼女は、セリンやペネラピのために、ちょっとしたパーティを計画していたらしい。

ロジは、地下室で本部と会議をしているようだった。おそらく、オーロラは僕が思いつくと予想していただろう。プロジェクトの準備を整えているにちがいない。それどころか、キャサリン・クーパを僕に会わせたのも、そのプロジェクトの一環だったのではないか。

あのクーパは本物だったのだろうか。オーロラが作った人格とも考えられる。そうなると、僕はオーロラにコントロールされているのも同然か。

今の世界は本当に、何が存在し、何が存在しないのか、曖昧になりつつある。すべてが演算によって作られた存在ともいえる。そもそも、人間が感じる存在という感覚が、単なる信号なのだから、こうなるのは必然だ。二世紀以上まえから、それは予測されていたこと。

実体というものは、もうリアルに根ざしたステータスではない。ヴァーチャルにも、実体がある。ただ、演算速度が遅ければ、その解像度が落ち、動きが緩慢になる。そんな単なる時間の差異に集約されてしまう。

ヴァーチャルの世界も、そのデータを蓄積し、演算に要したエネルギィが大きければ、もう作り物とは認識されない。予測が実体に追いついている、ということだ。

では、実体がヴァーチャルへシフトしたあと、リアルに残された物体は、どうなるのか。

たとえば、人格が電子化されたとき、リアルに残った肉体は、存在するもの、すなわち一人の人間として認められるのだろうか。

それは、生きていることになるのだろうか？

レストランや遊園地に現れたシャチや恐竜は、既にこの世に存在しないのかもしれない。実体はヴァーチャルにスキャンされただろう。ヴァーチャルで生かすため、データ採取を行う目的の試験体だったのではないか。

もしそうならば、僕たちが見たのは、単なる抜け殻だ。

何が実体か、どこに本質があるのか、それを確かめなければならない。

食事の準備は、七時頃に整った。キッチンで四人がテーブルに着いて、乾杯をした。今まで無事だったことに感謝し、これからも無事であることを祈った。かといって、宗教的なものではない。少なくとも、僕とロジは無宗教だったし、他人にそれを問うこともしない。

ペネラピは、グラスをぐっと飲み干し、オードブルを一皿食べた。一分もかからなかった。そこで無言で立ち上がり、僕に軽く頭を下げ、ロジを一瞥してから、リビングへ行き、裏口から外へ出ていった。玄関からでは、大家に見咎《みとが》められるかもしれない。外はまだ明るさが残っていた。

「どうして、彼はあんなに真面目《まじめ》なんだろう?」僕は呟いた。

「私もそう思います」ロジが言った。彼女がそんな発言をすることに僕は驚いた。自分のことを棚に上げているのは、客観的に見て明らかである。

「私も思います」セリンが言った。「情熱がなければできないことです。それとも、なにか悪を憎むような個人的な感情があるのかと」

「憎しみでは、真面目にはなれない」僕は言った。「知らないけれど、たぶん」

「完璧主義者なんですよ」ロジが言った。「自分に対して厳しい」

「完璧主義者というと、小さな失敗も許さない人、みたいなイメージ？」僕はロジにきいた。彼女には、その傾向があると思っているが、それを言葉にするつもりはない。

「そうですね。ミスが許せない。だから、完全な成功を目指す」ロジが答える。

「私が思う完璧主義者というのは、ちょっと違う」僕は話した。「実は、これでも私は、自分が完璧主義者だと認識しているんだ」

「グアトは、全然違うと思います」ロジが笑った。

「ミスを許せるし、つぎつぎと失敗ばかりするし、なにをやっても裏目に出たり、ちょっとしたことを見逃したりして、後悔ばかりするし……。でも、それもひっくるめて許せる。だって、許さないと、リカバできないじゃないか。つぎからつぎへと訪れる失敗を、こつこつと修正していく。やり直して、考え直して、修復する。ミスに苛立っていたら、リカバが遅れる。諦めている暇もない。そうしていると、なんとなく、知らないうちに、完璧というものに近づける。それが、完璧主義者なんだ」

「そう、それなら、当たっています。そのとおりです」ロジが手を叩《たた》いた。「リカバ専門ですね」

「考えてみたんだけれど、ヴァーチャルというのは、ある意味で完璧を目指して作られたもので、失敗を恐れなくても良いし、安全で安心だし、本当に理想的な世界なんだ、と細かいミスが許せない人たちは思うかもしれない。ヴァーチャルには、ピュアなものしかない。自分がやりたいことに没頭して、汚くて煩わしい世間から離れられる。でも、それが完璧というものだと錯覚しているというか、錯覚しようと無理に思い込もうとしているように見えるね。そう……、思い込みなんだな、あれは……。失敗に拘《こだわ》るから、理想があると思い込もうとする。しかし、何だろう……、ちょっと違うと私は思う。失敗がなければ、修復ができない、ミスをしなかったら、やり直しもできない。そんな無数の可能性を、初めから排除してしまって、本当に良いのだろうか、と思える。少なくとも、今は、まだ、失敗をするのが、人間だと思っている」

見ると、ロジが微笑んで、両手を合わせていた。

「つまらない？」

「いいえ」彼女は首をふった。「今、一番聞きたいお話でした」

「君だって、ヴァーチャルのクルマよりも、家の外に置いてあるクルマの方が、面白いと思っているはずだ」

「私も完璧主義者ですから」ロジは言った。

「あの、私もパトロールに」セリンが立ち上がった。

「え、もっと食べていったら？」僕は言った。

「はい、あとでいただきます」セリンはそう言うと、キッチンから仕事室の方へ出ていく。しかし、すぐに引き返してきた。

「裏から出た方が良いですね」歩きながら、そう言って、彼女もリビングから外へ出ていった。

「若い子には、面白くない話だったみたいだ」僕は言った。

「そうじゃなくて……」ロジは微笑んだ。「遠慮したんです。セリンも大人になりましたね」

第4章　長く生きるものもない　Nothing lives long

それは死ぬまで忘れられない光景だった。奇怪で、ありえない眺めで、どうすれば読者に信じてもらえるだろう。もし僕が生きて帰って、数年後に〈サベージ・クラブ〉のラウンジでテムズ川ぞいの道のくすんだ寂しい風景を眺めながらこれを思い出そうとしたら、わがことながら信じられないはずだ。錯乱した悪夢か、高熱による譫《せん》妄《もう》に思えるにちがいない。しかし隣で湿った草の上に伏せている男が嘘か真実か証言してくれるはずである。

1

　僕はロジと二人で、再びその有名な湖面に夕日が反射する光景を眺めることになった。このまえは、小型ボートからだったけれど、今は大勢の観光客を乗せた遊覧船の高いデッキからだったので、遠くの岸辺に建ち並ぶ構造物や森と山のアウトラインの輝かしさも堪《たん》能《のう》できた。まず、天候が良すぎるし、また計算されたような光と細波《さざなみ》のコンビネーションが、映画か演劇のライティングを連想させた。しかし、考えてみれば、たしかにこれは計算された結果なのだ。

　さきほどまでは、船内の低層で、水中の様子も見てきた。この湖は、周辺から流れ込む細かい砂の影響で通常は明るいグリーンに見えるのだが、水中から見上げた水面は、ブルーだった。これもたしかに美しい効果だと感じられたけれど、やはりその称賛は、演出家に向かうものだと考えてしまう。これがリアルでない、と感じる自分のしつこさに少々閉口せざるをえない。

　もっと素直になれないものか、と反省もして、なんとも複雑な気持ちになる。日常を離れることが旅や観光の目的であるなら、取り立てて悩ましく考えることでもないだろう、と気を取り直す自分も、また微笑ましい。

水中には、シャチがいた。これには驚いた。ここで泳いでいる生きものの中では、最大級であるとアナウンスがあった。一頭ではなく、何頭かが並んでいて、水面近くを優雅に、そして船と同方向へ進んでいたのは、明らかに過剰なサービスだろう。

あの遊園地へは、向かわないようだった。回転木馬を楽しみにしてきたのだが、それは今回のツアーには含まれないらしい。また、リアルで見逃した水族館もプログラムにはなかった。その代わりに遊覧船で水中ショーが見られるという趣向らしい。

「たいして面白くありませんね」ロジはデッキの手摺りにもたれかかって立っている。

「いえ、予想していましたし、素直な感想ですけれど」

「この船の機械室を見せてくれたら、面白いと感じるのでは?」僕は言った。

「そうですね、煙突があって、煙を出していますから、蒸気エンジンですよね」ロジは微笑んだ。

遊覧船の船尾には、幅の広い水車のような装置があって、それで水を掻《か》いて進んでいるのだ。スクリューやウォータジェットではなく、かなり古典的なメカニズムらしい。

湖をぐるりと巡ったところで、宮殿と動物園のある島に接岸した。そこから、オープンのバス三台に乗り換え、まずは動物園に向かう。宮殿はそのあとで、宿泊ができるとのこと。そんなコースが設定されている。

動物園の前でバスを降り、ゲートから園内に入った。そこでガイドの話を聞いた。見所などを、案内図を立体表示させながら説明した。それが終わったところで、自由行動になった。

リアルの動物園と同じレイアウトで、施設の構造物も同じだった。違いは、どの檻にも動物がいて、しかも活発に動いている点である。歩き回り、ときには走る。また口を開けて唸って威嚇したりする。飼育員から餌を与えられている動物もいた。果物であったり、生肉であったり、その量の多さは驚きだった。

ロジがじっと見入っていたのは、トラである。腕組みをして、長く目を離さない。

「面白い?」僕はきいた。

「面白い」ロジは頷く。「躰の動かし方が、武術の心得があるみたい」

「あるんじゃないの」僕は答える。

「しなやかですよね。勉強になります」

そういう勉強をしたことがないので、微笑まざるをえない。ライオンも見たが、こちらは寝そべっているだけで、勤勉ではなさそうだ。

オランウータンとゴリラも見た。あまり面白くないので、簡単に通り過ぎた。いちいち、ロボットなのか、それともウォーカロンなのか、と悩まなくても良いこともあって、気軽だ。

途中からスロープで地下へ下りていった。檻が大きくなり、ゾウがいた。これは、ヴァーチャルであることを忘れて、迫力を感じた。しかも、飼育員が檻の中にいて、世話をしているのが印象的だった。大人しい動物らしい。

キリンもいた。無駄に首が長いように思える。ゾウの鼻のようなものかもしれないが、ほかに類似の動物がいないことが、不思議である。やはり、デメリットが多く、自然界では失敗作だったのではないだろうか、と僕は考えた。

さらに奥へ入り、地下二階になった。巨大な檻が見えてきた。その中にいたのは、遊園地で見た恐竜だった。背丈が五メートルは優にあるだろう。

「これだ」思わず呟いてしまった。

大勢の入園者が詰めかけていて、近づけないほどだった。さきほどのガイドの話をよく聞いていなかったが、この動物園で一番人気なのはまちがいない。まっさきに大勢がここへ押し寄せたというわけだ。

「凄いですね」ロジも見入っている。「トカゲが大きくなったみたい」

ただ、それほど動かなかった。奥の壁の近くで背を向けている場合が多い。そこは奥の部屋に入るドアらしい。大勢の人間に見られていることが気に入らないのではないか、と思いやったが、ヴァーチャルなのだから、そういった反応を示しているかどうかは怪しい。

「色が違いますね」ロジが言った。「もっと黒かったと思います」

今見ている恐竜は、灰色をベースに、ところどころが緑とオレンジ色で、非常に派手な配色だった。顔の後ろには、赤い毛が目立っている。

「森の中にいたら、いろいろ汚れるんじゃない？」僕は言った。

その檻の隣も、同じくらい広く、こちらにも恐竜がいた。頭は小さいが、躰の大きさは同じくらいだった。ただ、四つ脚の姿勢だったので高さは低い。顔を通路側へ向けていた。顔の上に角があったし、背中にも奇妙な形状の突起がある。

「これも、リアルにいるものからデータを取ったのかな」僕は呟いた。

「リアルには、ライオンもトラもいませんでした。ゾウもキリンも、どこかで生きているのでしょうか」

「メジャな動物は、既存のデータがあって、それを使っているだけだと思う」僕は言う。ヴァーチャルだから、なにを見せられても、客はそれほど驚かない。そういう価値観が既に一般的となっているはずだ。

自由時間が終わり、集合の呼出しがあった。動物園の正面ゲートを出て、再びバスに乗り込んだ。同じ島にある宮殿へ向かう。建物に関する歴史的な経緯を聞きながら走った。

「私たちが泊まった部屋があるでしょうか？」ロジが囁いた。

「別の部屋になっているんじゃないかな」僕は言う。「それよりも、大昔の王様とか家来たちが歩いているかもしれないよ。動物園みたいに」

しかし、残念ながら、僕の予想は外れた。宮殿が作られた当時を再現しているのではなく、歴史遺産となった現代を手本にしているのだ。だが、リアルの宮殿は爆破されてしまったのだから、少しだけ過去の現代ということになる。

2

宮殿の見学は、動物園に比べれば退屈なものだった。絵画や美術品が展示されていて、それらに対する説明が長い。その一方で、建物については、フランスの宮殿をコピィして造られた、というだけだった。なにか、後ろめたさでもあるのか、と疑いたくもなる。このヴァーチャルだって、コピィではないか。

ツアー客は、この宮殿で宿泊する。つまり、ホテルにもなっているのだが、リアルではないので、これは単なる「処理」でしかない。部屋数がいくらでも追加できるだろう。もっとも、大勢いる客のどれくらいがリアルの客なのかも怪しい。サクラが紛れ込んでいることは確実だからだ。

見学のあと、各自の部屋に案内された。そろそろログオフしようかと思っていたところだったので助かった。もちろん、ログオフは常時可能であり、その場合は、ヴァーチャルの世界で時間が飛び、経験が減るだけの仕組みである。時間を止めることはできない仕様となっているのは、大勢で共有する体験プログラムだからである。

リアルで泊まった部屋ではなく、ホテルのような一室だった。リアルの方が豪華だったわけだ。あれは特別待遇だった、ということか。

部屋に入ってすぐ、ドアがノックされた。返事をすると、入ってきたのは、ドイツ情報局のミロフだった。

「おやおや、こんなところで奇遇ですね」僕は言った。彼は微笑んだが、皮肉に取られたかもしれない。「私たちがここへ来ていることを、どうして?」

「それくらいは、ええ、わかります」ミロフは言った。「単なる旅行でいらっしゃったわけではないと思います。せっかくですから、研究所長にお会いになりませんか?」

「シュタルク所長が、こちらにいらっしゃるのですか? えっと、もしかして、観光客として?」

「違います。ここの地下に」ミロフは指を下へ向ける。「ご希望ならば、ご案内しましょう。それに、キンケルさんもお待ちです」

「わかりました。では、五分ほど待って下さい」僕は言った。

ミロフが部屋を出ていったので、僕とロジはログオフした。

棺桶から起き上がり、二人は顔を見合った。

「どうして、情報局が出てきたんだろう? なにか、聞いていない?」

「聞いていません。私も驚きました」

「研究所に入れるなんて、願ったり叶《かな》ったりだけれど」僕は言った。

なにしろ、ヴァーチャル宮殿の地下にあるヴァーチャル研究所に、行方不明になったウォーカロンの研究員たちがいるのではないか、と僕は考えていたのだ。今回の観光ツアーに参加したのも、それが狙いだった。どこかから、研究所に入れるはずだ。そのキィは持っていないが、その場へ行けば、なんらかのヒントがあるのではないか、とも期待していた。

「爆撃以後、所長とは話をしていませんから、会う意味はあると思います」ロジが言った。「ヴァーチャルなので、危険もありません」

ヴァーチャルでも、もちろん危険はある。脳神経にダメージを与えるような攻撃は物理的に可能だからだ。ただ、危険な場合はログオフができる。それは、自宅の装置からログインしているからだ。カプセルを乗っ取られるようなことがあると、非常に危険な状態に陥《おちい》りかねない。だからこそ、セリンとペネラピでリアルで防御を固めているのである。

ロジは、キッチンへ上がっていった。セリンとペネラピに状況を伝えるためだろう。同時に日本の情報局へも連絡をした。ネット上の安全策を講じるつもりなのだ。

僕は、バスルームに行き、リアルのボディの自覚を新たにしつつ、熱い湯で顔を洗いながら、このさき何が起こるのかを考えた。

恐竜に会っても感動しない現代人は、ヴァーチャルにどんな刺激を求めているのか、とも少し考えさせられた。

どんなことも、起こりうる。いかなるものも、現れる。信じられないことも、起こりうる。人間が想像できる範囲は、無限に近い。あらゆる可能性がヴァーチャルには存在できる。

しかし、実際には、リアルの枠を、ほんの僅かに広げただけだ。どこかに、もっと想像的な新世界があるのだろうか。そういったところで生きたいという欲求を、人は持っていないのか。

たしかに、僕もそれは思わない。

ヴァーチャルでも、平和で災害のない、ごく普通の世界であってほしい。人間関係も穏やかに、浅く広く展開すれば充分だと願っている。僕みたいな人間がそう思うのだから、一般の人はさらに保守的なのではないか。人間の本性は、否、すべての動物の本性は、けっして破壊的、好戦的なものではないはず。

僕たちは、宮殿の個室に戻った。ドアを開けて出ていくと、ミロフが階段の近くで待っていた。ほかにも何人かの人たちが歩いていたが、誰もこちらを気にしていない。

エレベータに乗った。僕たち三人だけだった。ミロフは地下二階のボタンに触れた。地下の階の表示があること自体が、既に観光ツアーから逸脱している。

エレベータのドアが開くと、知っている風景がそこにあった。僕たちが使っていた部屋の前も通り過ぎた。その中には棺桶はないはずだ。

所長室のドアをミロフがノックした。ドアを彼が開け、僕たち二人を招き入れた。

デスクの向こうで立ち上がったシュタルクが、歩み寄ってきて握手をした。振り返ると、ミロフは部屋には入らず、ドアを閉めた。単なる案内役だったのか。本人は、リアルの任務で忙しいのかもしれない。

「またお会いできて光栄です」僕はありきたりの挨拶をした。

「とんだ事態になりました。こうして、こちら側にいると、あちらが夢であってくれたら、という気持ちになります」シュタルクは言った。「なにかご希望があれば、おっしゃって下さい。できるかぎりのことをさせていただきます」

「こちらの研究所の中を見学したいのですが」僕は言った。「もちろん、許可が得られればですけれど」

「どこでもご自由に見ていただいてけっこうです。キンケルに案内させましょう」

ドアがノックされ、キンケル主任研究員が入ってきた。タイミングが良すぎる。僕は振り返って、軽く頭を下げた。

「行方不明になっている研究員たちについて、所長はなにかご存知でしょうか?」再びシュタルクに向き直り、僕は尋ねた。

「その不始末があって、前任者が退くことになりました。研究テーマについて、所の方針に添わないとのことで、ちょっとした意見の衝突もあり、不満を抱いていた者たちが、辞職したのです。そうなるまえに、手を打つべきでした。前所長のリーダシップが問われたのは、当然のことと思います」

「辞めた研究員は、どうしたのか、どこにいるのか、ご存知ですか?」

「残念ながら、私は知りません。まったく、関知しておりません。ただ、どこでも再就職ができる優秀な人材だったと認識しています。本所にとっては痛手ですが、これから、少しずつ立て直していく所存であります」

所長との話はそれだけだった。まったく形式的なもので、時間の無駄だったな、と感じた。僕とロジは、キンケルと一緒に所長室を出て、通路を戻った。

「どんなところがご覧になりたいのでしょうか?」少し歩いたところで、キンケルがきいた。リアルでは、彼女と爆撃直後に会ったが、そのときと少々印象が違っていた。データが古いのかもしれない。そういえば、髪が少し長いように思う。

「辞めていった研究員の部屋かデスク、あるいは実験施設が残っていませんか?」

「はい、後任がおりませんので、そのままの状態で残っています」

地下四階のフロアで、広い部屋に案内された。ドアを開けると照明が灯り、十メートル以上奥行きのある部屋だった。右側に実験室が付属していて、そちらを窓越しに見ることもできた。デスクや棚が並び、パーティションはほとんどない。どのデスクも片づいていない。

る様子だったし、棚にあるファイルも少ない。これらは、単なるデコレーションかもしれ

「ここに十一人いました。それから、あちらの実験室の測定スペースにいた人たちが二人です。最近半年ほどで辞職したのは、十三人になります」

「動物のウォーカロンに関する研究をされていたのですね？」

「そのテーマだけではありませんけれど、はい、たしかに昔から継続していた研究を引き継いでいました。彼らは、研究者になって、長い人でも二十年か三十年ほどでした。比較的若い人たちだったといえます」

デスクを見て回った。コンピュータのモニタが残っていた。もちろん、なにも表示されていない。その機能があるのかどうかもわからない。

「キンケルさんと親しかった人は、いませんでしたか？」僕は尋ねた。

「個人的に親しいということは、ありませんでした。私は別のフロアにいますし、研究分野がだいぶ違います。話をするようなことも、ほとんどありませんでした」

「彼らは、動物園と関係が深かったのですね？」

「そうです。テーマ的に近いので、あちらのスタッフとも頻繁に情報交換をしていたはずですし、共同で実験を行うこともあったはずです」

「あそこの恐竜たちは、この研究所で生まれたのですか？」

「はい」キンケルは頷いた。「そのことは、まだ一般公開していません。ご内密にお願いします」

「でも、動物園から逃げ出しましたよね？　公開しないと、問題が大きくなりませんか？」

「一カ月まえの事件で、それが判明しました。それ以前に逃げ出したのか、それとも連れ去られたのかは、わかっていませんし、誰の仕業とも、もちろんわかりません。担当者は行方不明です」

「その担当者は、ウォーカロンでしたか？」僕は尋ねた。

「そうです」キンケルは頷く。「警察には、それは話していません。個人情報になるので。それに、動物のことも内緒です。大型の動物がいたとだけ話しました。どのように、そしていつ公表するのかを検討しているうちに、研究員が辞め、所長が交代し、今になってしまいました。ええ、私にも一部の責任がありますが……」

「どんな責任ですか？」

「研究所の運営を任されている委員会のメンバだからです。所長のほかに五名が運営委員です。ただ、辞めた一人も運営委員でしたので、今は四名です。情報局と警察が立ち入るようになって、なかなか思うようには……」

「難しいのですね」僕は頷いた。この女性が気の毒に思えてきた。「ご自分の研究に没頭する時間が充分に持てないのですね？」

「そのとおりです。ほとんど、というか、まったく持てません」

「ウォーカロン・メーカから研究支援があったことは、ご存知でしたか？」

「はい。えっと、それは、どの分野のお話でしょうか？　いえ、どんな分野でも、だいたいは支援を受けておりますし、共同研究も積極的に行っております」

「いえ、支援というのは、つまり研究費を得ていたか、ということです」

「会計は公開しています。資金を受ける場合はテーマが限定され、期間も制限されます。そういうルールです」

「そのルール外の資金は？」

「それはできません。もし発覚すれば、当然、懲戒処分となりますし、社会的にも犯罪といえる行為です」

「ありませんでしたか？」

「ないと信じております」

「運営委員会の委員だった一人も、ウォーカロンだったのですね？」僕は尋ねた。

「はい、ここでは、人間かウォーカロンかといった差別はありません。その方は、三十年近くここに勤務されていました。ウォーカロンの研究員たちの間では、リーダ的存在でした。業績が認められて、昨年ですが、運営委員に選出されました」

「でも、辞めてしまった」僕は言った。「なにか、不満か、意見の相違が?」

「私にはわかりません。しかし、そうですね、動物園は維持費が嵩《かさ》むため、縮小される方針でした。それに強く反対されていました。でも、しかたがないことです。どの研究機関でも同様の問題を抱えています」

「その方は、どちらに?」僕は尋ねた。「名前は何というのでしょうか?」

「イさん、イ・シュウさんです。今はどちらにいらっしゃるのか、私は知りません。連絡も取れません」

「連絡されたことがあるのですか?」

「このたびの事故、事件がありましたので、何度か連絡を試みましたが、お返事をいただけません」

僕はその部屋の壁際へ行き、デスクの近くを歩いた。モニタはこちらを向いている。ロジとキンケルはデスクの反対側に立って、僕の方を見ていた。

室内のデスクの配置から、ここがリーダの場所だというのが、なんとなくわかった。全体を見渡せるし、また壁際の棚やサイドテーブルも多かった。キャビネットの上には、なにかのトロフィが飾られていた。

「このトロフィは?」僕はキンケルに尋ねた。

「何だったかしら。なにかのスポーツでもらったと聞いたことがあります。研究員でチームを作っていたんです。この区域の交流試合です」

「それは、リアルのスポーツですか?」

「いえ、違います。ヴァーチャルです。ローラスケートを履いて、狭いコースを走るんです」

「ローラ・ダービィですか?」ロジが言った。

「ああ、そうかもしれません」キンケルが頷いた。「プロテクタを着けて、ぶつかり合うんです。一度見ましたが、全然ルールがわかりませんでした」

僕は知らなかった。そのとき、目の前にあったモニタに、顔が映ったので、そちらに視線を向けた。すると、たちまち映像は消えてしまった。

見間違いかもしれないが、映像が脳裏に焼きついたように感じた。誰の顔だろうか。そのモニタは、イ・シュウ氏のデスクの上にある。

「そのイ・シュウさんの顔を見たいのですが、可能ですか?」僕はキンケルに尋ねた。

キンケルは、五秒間ほど止まっていたが、次に片手を差し出すと、彼女の手の上に、男性の顔が現れた。横を向いていたものが、正面になり、逆向きになった。ゆっくりと回転している。アジア系の中年男性の顔である。

「知らない顔ですね」僕は言った。

「表に出られることは、ほとんどなかったと思います。学会にも参加されていませんでした」キンケルは言った。「研究能力はずば抜けていましたが、地位や権力に関心のない方で、そうですね、スポーツと動物が大好きな、優しい感じの方だったと思います」

3

キンケルと別れ、宮殿の個室に戻った。ツアーは、翌朝に再集合するスケジュールである。僕とロジは、無言のまま、目で合図をして、ログオフした。

棺桶から起き上がって、僕はイ・シュウ氏のデスクのモニタで見た顔のことを話した。

「誰だったのですか？」ロジがきいた。「イ・シュウ氏だったのでは？」

「違う。知らない顔だった。会ったことはない」僕は答える。「でも、ほんの一瞬だった。サブリミナル効果を狙ったような感じ」

「白人ですか？」

「そう。男性で、えっと、結構な年齢だと思う。どちらかというと、太っているかな」

キッチンへ上がっていくと、珍しくペネラピがいた。セリンが外のようだ。

「研究所で行方不明になっている研究員十三人の顔写真が、手に入る？」僕はペネラピに尋ねた。

「はい。オーロラから送られてきたところです」

彼は僕の前にそれを投影した。一人ずつ顔を見ていく。しかし、若い人ばかりだ。僕がモニタで見た顔ではない。全員を見ても、知らない顔ばかりだった。

「えっと、それじゃあ、ジョン・ラッシュは？」僕は要求した。

「それは、ありません」ペネラピが一度だけ首をふる。

「ツァイラ刑事に問い合わせてみて」僕がそう言うと、ロジが頷いた。

僕は、夕食の準備をするためにキッチンで作業を始める。そろそろそんな時刻だった。今日は、観光というエクササイズで少し疲れを感じていた。エネルギィはそれほど消費していないはずだが、神経は消耗したのではないか。

ペネラピはいつの間にか姿を消し、セリンが料理の手伝いをしてくれた。しばらくして、ロジが近づいてきた。

「この人でした？」ロジがホログラムを見せてくれる。

「あ、そうだ、まちがいない」僕はキッチンで作業の手を止めていた。「ジョン・ラッシュだったんだ」

「確かですか？」

「うん、たぶん」僕は頷く。人の名前は覚えられないが、顔は覚えている方だ。「どうして、彼の顔が、あそこのモニタに映ったんだろう？」

「ちょっと、考えにくいですね。誰かが、意図的にやったのでは？」

「そう、偶然ではないと思う。ラッシュの顔は、マスコミでも公開されていないよね？」

「はい。オーロラが、アミラに探してもらったそうです。時間がかかりました。個人情報の管理に厳密な人物だったと思われます」

「そういう関係の仕事をしていたからだろう。何のメッセージだろう？　どうすれば、あんなふうになるかな？」

「どういう意味ですか？」

「つまり、あのヴァーチャルの設定に、どうやったら、あんなものが紛れ込むだろう。ヴァーチャルには、混線などのアクシデントはありえないし……」

「イ・シュウ氏については、調査してもらうように頼んでおきました」

「あ、そう……」

「私が続きをやりますから」ロジが横へ来て言った。

「何の続き？」

「それです」彼女は僕の目の前を指差した。

「ああ、料理か……」

ロジに交代してもらい、僕はリビングのソファに移動した。

どうすれば、あんなふうになるだろう、とまた考えた。

意図的に画像を誰かが出した。何故一瞬で消えてしまったのだろうか。そんな僅かな時間では認識できない可能性が高い。何のために？

そうか……、消したのは本人ではない。見せたくない誰かが、妨害した。しかし、人間にしては、反応が早すぎる。プログラムだとしたら、遅すぎる。

とにかく、あそこに誰かいることは確かだ。

あそこ？

あそこって、どこだ？

もしかして、モニタではなかったのでは？

顔を一瞬見たから、モニタに映った、と勘違いしたのかもしれない。すぐ横で見たものがあって、同時に視線を移動してモニタを見た。だからモニタの中に顔が見えた。リアルだったら、顔が現れるのはモニタの中だけだ。顔が突然目の前に現れたりはしない。しかし、あそこはヴァーチャルなのだ。

「そうか」僕は立ち上がった。

キッチンへ行くと、ロジがこちらを凝視していた。期待の表情である。

「あそこにいたんだ」僕は話した。

「幽霊でも見たような……」ロジが笑った。

「そうそう、そんな感じだ」僕は言った。「ヴァーチャルのあの研究所に、やっぱり誰かいるんだ。でも、他者をオフにできる。干渉を切ることができる。そういうプロテクトをしている。でも、急にそれをオンにした人がいて、プログラムはそれに気づいて、処理をした。だから一瞬で消えてしまった。僅かなタイムラグは、演算速度によって生じるものか、あるいは通信速度によるものだ。膨大な処理をしているから、あれくらいは出るかもしれないし、そうでなければ、地理的にお互いが離れている」

「誰と誰がですか？」

「サーバ上の人格と、ヴァーチャルのシステムがあるサーバ」

「ジョン・ラッシュ氏が、ヴァーチャルの研究所にいるということですね？」

「そう。たぶん、みんないるんだ。イ・シュウ氏も、あと十二人の研究者も、あそこにいて、まだ研究を続けているんだ。でも、サーバは違う。離れている」

「私たちを見ることは、できたのでしょうか？」

「たぶんね。私にだけ、存在を知らせようとした。キンケル氏には見せたくない。たぶん、ミロフ氏もそうだろう。いや、そうじゃなくて、もしかしたら、ミロフ氏が、彼らの存在を隠しているのかもしれない。とにかく、ラッシュ氏は、自分たちの存在を知ってほしいと思って出てきたんだ。いわば、囚《とら》われの身であって、きっと助けを求めているんだ」

「よくわかりません」ロジが左右に首をふった。「何が捕らえているのですか？　誰から逃げようとしているのですか？」

「考えられるのは、リアルの研究所を消し去った存在だろうね」

「ミサイルを撃った？」

「そう。リアルからシフトした人たちに、研究を続けさせたい。頭脳だけは活《い》かしたい。だから、ヴァーチャルの研究所に匿《かくま》っている。研究者たちにしてみれば、リアルのボディがあると、命を狙われることになる。ドイツにとっても、それは損失だから、情報局が最初は指導したかもしれない。ラッシュ氏もそれで呼ばれた。でも、金を出していた組織が黙っていなかった。彼らは連れ去られたんだ。それで、情報局がようやく本腰になった。ヴァーチャルでの捜査が大規模に行われることになって、世界の情報局が関わるプロジェクトになった。そこへ、僕たちが呼ばれることになった」

「何のために？　グアトに何を期待したのでしょうか？　全然わかりません」

「ドイツ情報局は、自分たちは関与していない、なにも知らない、と思わせたかったんだ」僕は言った。話しているうちに考えがまとまってきた。「そうか、だから、トランスファの通信の痕跡なんか、どうだって良かった。そのコードも、匿われている研究者たちは知っている。ドイツ情報局は、全部手に入れているんだ。ただ、手に入れていないと見せかけるために、日本の情報局に協力を求め、探している振りをした。そういうフェイクだった」

「うーん、ちょっと待って下さい」ロジは片手を広げた。「それは、証明できますか？

それとも、オーロラに相談した方がよろしいですか？」

「オーロラも、今頃たぶん気づいているよ。でも、オーロラが見抜いても、知らない振りをするだろう。そうすることをヤーコブは予測している。彼らは、最も利益がある道筋を選択するからね。僕が気づくことも、どれくらい時間がかかるかも、だいたい計算していたんじゃないかな。そして、僕がどう行動するかも、きっと予測している。僕がマスコミを呼んで、事態をリークするとは演算しないはずだ」

「とりあえず、どうしますか？」

「そうだね、料理をして、それを食べよう」僕は答えた。「あとは、僕がやるから、交代」

「連絡しなくて良いですか？」

「動かない方が良い。騙《だま》す相手は、こちらの動きを必死になって観察しているだろうからね」

4

夕食の会話は、観光ツアーの話題だった。主に僕が話し、セリンが聞いていた。ペネラピは、ときどきリビングから外へ出ていくし、ロジは何度か地下室に下りていった。落ち着かない一家である。

「その、いなくなった研究所の人たちは、まだ、あそこの森の中に隠れているのだと思っていましたが、もしかして……」セリンがきいた。「そのぉ、それぞれ、どこかで亡くなっているということですか？　その、ヴァーチャルへシフトするというのは、そういう意味ですよね？」

「その可能性はあるね」僕は頷いた。「イギリスから来たラッシュが、そのガイド役だった。人の頭脳の機能構造と記憶データをデジタル化して、ヴァーチャルへ移す。そうなったら、リアルの肉体は、もう不要になる。つまり、その時点から、個人が二人に分裂したような状態になる。二人に分裂した時点では、ほぼ同じ意志、同じ目標を持っているはずだ。長くそのままだと、だんだん違う意志が芽生《めば》えてくるだろう。たぶん、そういった意志の分裂が許せない人もいると思う。だから、そうならないうちに、早めに、決意をした自らの意思にしたがって、リアルの肉体を消し去ろうとするんじゃないかな。まあ、薬で眠りにつくことが最も簡単だろう。そうしないと、生きていくための苦労をしなくても良い、という理想に近づけないからね」

「ヴァーチャルへシフトする人は、ラッシュ氏にお金を払うのですね？」セリンが難しい顔できいた。

「そこはわからないけれど、ビジネスだとしたら、そうなるかな。だけど、資産はヴァーチャルへ持っていける。持っていけないのは、リアルで所有していた物体や不動産だけれど、それらは事前に売ってしまえば良い」そこで、僕は気づいた。「そうか、彼らの資産について調べれば、物的な証拠になるかもしれないね」

「わかりました。調べてみます」セリンが頷いた。

もしかして、セリンはそのことに気づいていて、僕を誘導したのかもしれない、と思った。彼女は優秀だ。

「ドイツの警察が把握しているかもしれないから、まず質問を送ってみると良いね」

「でも、どうして、ラッシュ氏は殺されてしまったのですか?」セリンは別の質問をした。

「それは、うーん、わからない。もしかして、単なる事故だった可能性もあるし、そう、あるいは、自殺だったという可能性もある」

「動物に襲われたのに?」

「コントロールされていた動物だった可能性がある。シャチだったか、それとも恐竜だったか、もっとそれ以外のなにかだったか、わからないけれど」

「ということは、ラッシュ氏も、ヴァーチャルへシフトしたということですか?」

「そう、そうだと思う。むしろ、最初に私が考えたのは、彼のことだった。ラッシュ氏は、その関係のビジネスに関わっていたし、それに、もうリアルに未練はないと思えるほどの年齢だったからね。その可能性が高いと考えた。逆に、若いウォーカロンの研究者たちが、ヴァーチャルへシフトしたことの方が理解が難しい」

「そうでもないと思います。若くても、このさき長く今の状況が続くのは耐えられない、と考える人はいるのではないでしょうか？」

「ウォーカロンだから、差別を受けていたと？」

「若くても自殺をする人はいます。人間でもウォーカロンでも、同じではないでしょうか？」

「今の人たちにとっては、自殺とヴァーチャルへのシフトが同じレベルで比較できるということか……」僕は、そこで溜息をついた。「そうだね。私の世代では、ちょっと考えられないけれど、生まれたときから永遠の命があって、完璧なヴァーチャルがあって、そこへの頭脳シフトが可能な技術が現れれば、人生の道筋の一つとして考えることになるのかな」

ロジが地下室から戻ってきた。彼女は真っ直ぐに僕のところへ来て言った。

「オーロラとアミラが調査をしたところでは、やはり、失踪者のほぼ全員が、まだ研究活動を続けているそうです。それに関するデータのやり取りがあって、主な通信先は、ギリシャのサーバを経由していると特定されました。フスの工場の一つが、エネルギィを供給しているサーバです」

「オーロラは、どうすると言っていた？」僕は尋ねた。

「日本とドイツで協議をしています。研究者たちの処分と、フスへの責任追及をどのようなルートで行うか」

「でも、まだ決め手となる証拠がないのでは？」僕は言った。「裁判を行うには、無理があるような……」

「そのとおりです」ロジは頷いた。「オーロラは、その、非公式ですが、こうも言っていました。もしかして、研究者たちは、こちらに助けを求めているのではないか、と」

「それは、ジョン・ラッシュも含めて？　つまり十四人全員が？」

「いえ、違います。彼らの中の一部だとオーロラは予測しています。比較的年齢の低い層に、それらしい傾向があると」

「そんな人格分析まで演算に取り入れているんだね」

「グループでは、ジョン・ラッシュ氏とイ・シュウ氏がリーダ格で、二人に率いられている、とオーロラは分析しています。アミラは、ジョン・ラッシュがリーダだと断定しているそうです」

「人工知能は断定はしない。確率の問題を人間向けに翻訳したんだね」

「それから、大事な伝言があります」ロジは一呼吸置いた。「十二時から十五分間だけ、観光ツアーのサーバへの外部からの通信を遮断するそうです。急な不具合が発生し、回線の整備をすると装うと」

「え？　それを、私に伝えろって？」

「はい」

「オーロラが？」

「そうです」

「えっと……」僕は立ち上がっていた。「今、何時？」

「あそこに時計が」ロジが壁を指差した。「正確な時刻を示していると思いますが」

十時五十五分だった。

「あと、一時間か」僕は呟いた。

「一時間五分ですけれど、何をどうするのですか？」

「とりあえず……、もう一度、あの研究所に行ってみよう」僕は言った。

「そうですね」ロジは頷いた。

僕は地下への階段へ歩いた。

「え、ヴァーチャルの？　今からですか？」ロジが驚いた表情になる。「あそこには、誰もいないのでは？」

「ホテルは営業している。観光客は客室でログオフしたか、ラウンジとかで話をしている時間帯だろう。研究所へは、行けるかどうかわからないけれど、オーロラが言うのは、サーバのプロテクトは、外部から仕掛けられているんじゃないかってことなんだ。試しに回線を止めてみるってこと。たぶん。その可能性が高い」

「さっきは、ミロフ氏がいたから、地下に下りていけたのでは？」ロジは言った。「それに、研究所へ行けたとしても、誰もいないのでは？」

「見えなかっただけなんだ。プロテクトが切れれば、なんとか、コミュニケーションが取れるかもしれない」

「うーん。それで、話ができたとして、どうかなりますか？」ロジは腕組みをしている。

「なんか、いやな感じがします。危険はないでしょうか？」

「観光ツアーなんだし、ヴァーチャルなんだし、最悪のときは、ログオフすれば」

「それは、そうですけれど……」

「まあ、大きな銃を持っていくわけにはいかないからね」

「そこなんです。それが、私としては……」

危険を避けるものは銃ではない、と言いかけたが、これまでの経緯を思い出して、発言を思い留まった。格好の良い言葉には、忘れたい苦い過去がつき纏うものだ。

5

普段ならベッドに入って目を瞑《つぶ》っている時刻である。

宮殿の一室でベッドから起き上がった。隣のベッドで、ロジがこちらを向いて座っていた。部屋のキャビネットの上にガラスに入った古風な時計があったが、十一時三十分を少し回ったところだった。

「十二時まで待った方が良いですか?」ロジが囁いた。

「十二時に、研究所にいた方が良いと思う」僕は答えた。

そっとドアを開けて、僕たちは通路に出た。

通路は照明が灯っていて、暗くはない。どこからも、人の声などは聞こえない。静まり返っている。

足音を立てないように気をつけて、エレベータホールの方へ歩いていった。僕たちを感知して、エレベータのインジケータが点灯し、僅かなモータ音が聞こえた。

通路の中央で左右を見ていたロジが駆け寄ってきた。

「なにか、こちらへ来ます」ロジが囁いた。

「なにかって?」僕はきいた。

彼女は、口に人差し指をつけ、静かに、という仕草を見せた。

エレベータが到着した。少し遅れてドアが開く。通路の方を見たままの姿勢で、僕たちは後退し、エレベータの中に入った。

ドアを閉めるボタンにタッチしたが、ドアが閉まらない。

通路に、左から黒い影が現れた。

僕はびっくりして動けなくなる。ロジは、僕の手を摑み、エレベータの端へ引っ張った。

トラのような動物だった。しかし、トラではない。真っ黒だ。

「あれは、ヒョウかな?」僕は言った。

ロジは、ドアを閉めようと、モニタの前で、指を動かしている。

「地下の階がない」ロジが呟く。

僕は、黒ヒョウから目が離せない。

こちらを睨んでいたが、口が開き、牙が剝き出しになった。少なくとも、友好的な挨拶ではなさそうだ。

低い声が聞こえた。喉《のど》が唸っているような。

頭を下げ、こちらへゆっくりと近づいてきた。

「駄目です」ロジが言った。「ログオフしましょう」

そうか、ヴァーチャルなんだ、と思って、目を瞑って、ログオフと呟いた。

いつも感じる力が抜けるような感覚が訪れない。

唸り声は近づいていた。

目を開けると、ヒョウはもう目の前だ。

「ログオフできません」ロジが言う。

彼女は僕を両腕で抱き寄せる。躰の向きが変わり、僕はエレベータのモニタに目をやった。地下四階の表示が点滅していた。

抱きついているロジの拘束から片腕を解き、モニタの点滅位置に指を伸ばした。

黒ヒョウが三メートルほどまで迫り、僕たちに向けてジャンプをする。

目を瞑った。

ヴァーチャルなんだから、襲われても痛くはないはずだ。

でも、息を止めていた。

音がしたので、目を開けると、エレベータのドアが目の前にあった。ドアが閉まり、軽いマイナス方向の重力加速度を感じる。

「見てた？」僕はロジにきいた。彼女はまだ僕に抱きついていた。

「襲ってはこなかった。脅しただけです。ドアが閉まったのは、どうしてですか？」

「さあね、確認を求めていただけじゃないかな」

「私、何度も押したつもりですけれど」

「少し待った方が良かったのかも」

ロジは、僕から離れて、髪を払った。大きく溜息をついている。

「銃がないと、どうして良いのか……」緊張した口調で彼女は首をふった。

「それが、普通」

ドアが開いた。研究所のフロアだ。

「良かった。このフロアにはヒョウはいない」僕は言った。

「どうして、あんなものがいたんですか？」

「私が出したんじゃないよ」僕は首をふった。「あれは、警備員だったのかも」

「そんなのって……」

「あんな顔で脅かさないで、言葉で警告してほしかったね」

通路まで出て左右が見える位置の直前で、ロジが顔を半分だけ出して覗いたあと、こちらを向いた。

「大丈夫そうです」

僕たちは通路に出て、右へ進んだ。

「恐竜が出てきたら、どうする？」

「どこかの部屋の中に逃げましょう」

「エレベータに地下の階が表示されていること自体が、もう普通じゃない。観光ツアーの客向けじゃない」

「こんな時刻ですから」

「誰かが、案内してくれている」

「誰がですか?」

数時間まえに来た場所だった。ドアを開ける。鍵はかかっていなかった。広い部屋に照明が灯った。

誰もいない。

置かれているデスクや棚なども、同じ配置だった。

静まり返っている。

「良かった。ゴリラがいたら、どうしようかと思っていました」ロジが囁いた。

「そういうことが言えるのは、余裕だね」

僕は、イ・シュウのデスクへ近づいた。

モニタを見る。もちろん、なにも映っていない。

モニタの前に手を近づけ、指を動かしても、反応はなかった。

しかし、まえに来たときにはなかったものが机の上にあった。パンフレットのように見えた。紙を折りたたんだものだ。広げてみると、地図だとわかった。

「何ですか、それ」ロジがきいた。「時代がかっていますね。地図? どこの地図でしょうか?」

「わからない。この文字が読める?」僕は小さい文字を指差した。

「アラビア語っぽいですね」

「うん、それくらいは僕もわかるけれど」そう言いながら、地図はポケットに入れた。ロジに尋ねる。「何時？」

「十一時四十三分です」ロジが答える。「目の前の右下に表示されていますよ」

「あ、本当だ。十二時にならないと駄目なんだ、たぶんね」

モニタは諦めて、部屋の奥へ移動した。

隣の実験室へのドアがある。窓越しに見えるので、そちらに入ったことは、これまでなかった。ドアを開けて中に入ると、大きな作業台に測定器が並び、培養器《ばいようき》や恒温室などの設備が並んでいる。しかし、実験をヴァーチャルで行うのは無意味だ。何のためにこんなものがあるのか、と不思議に思った。単にリアルの環境をコピィしただけ、ということだろうか。そうだとすると、専門ではない人間が事務的に処理したということになる。

ロジも実験室へ入ってきた。

「何をしているのですか？」彼女がきく。

「ヴァーチャルに、実験室が必要だとは思えない」僕は答えた。「矛盾している」

作業台の上の測定器に近づく。上部のハッチが開きそうだったので、取っ手を摑んで引いてみた。中を除くと、真っ黒な闇だった。

「ほら、この中を見てごらん」僕はロジを呼んだ。

計器の中にはなにもない。手を入れてみると、光が当たらず、入れた手が見えなくなった。

「面白い。ブラックホールみたいですね」ロジが言った。

「ブラックホールを見たことがないから、なんともコメントできない」僕は言った。「存在が無意味なもの。表面の画像だけ貼《は》り付けられている。ということは……、あの窓もそうだ」

隣の研究室との間の壁に窓がある。そちらへ近づいていき、むこうを覗いてみた。デスクが並んでいる誰もいない部屋が見える。

「またヒョウが来ないともかぎりません。ここで、時間を待つのですか?」

「うーん、わからない。子供の頃に、こんな感じのゲームをしたことがある。アドベンチャ・ゲームだ」

「私は、銃を撃ちまくっていました」

「それは、ゾンビや宇宙人が出てくるやつ? そうじゃなくて、日常の風景の中に、なにか隠されているキィがあるんだ」

「キィなら、むこうの部屋にありましたよ」

「どこに?」

「デスクの上に。なんか、見たこともないほど古いキィです」

「その表現は面白い」

僕は、窓ガラスを見ていたが、一箇所だけ曇ったような汚れがあるのに気がついた。顔を近づけてみると、ちょうど、息を吹きかけて曇らせたような感じだった。

「これって、珍しくない？」僕は言った。「ガラスが曇っている」

「なにかで汚れたのでは？」

手で擦っても曇りは取れなかった。しかし、不思議な感触が指先にあった。同じ場所を手で擦ると、ちょっとした引っ掛かりがある。何だろう、と思って何度か手を往復した。ほんの僅かで、決まった一箇所である。

「ここに、なにかある」僕はそこに指を当てて、ロジに言った。彼女もそこに手を伸ばし、指先を僕の指の近くで動かした。

「あ、本当ですね」ロジは言う。「小さな穴じゃないでしょうか」

「穴か」言われてみて、もう一度指で触れると、今度は穴だと確信できた。「五ミリくらいの穴だ。でも、曇っていて見えない。どういうことだろう」

「データミスというか、つまりバグではないでしょうか」

「なにか、尖ったものを持っていない？　ペンみたいなもの」僕は言った。

「持っていません。あちらの部屋ならあると思います」

「なにか、細い棒状のものが良いね。そうだ、鍵があるなら、それを持ってきて」

ロジは、ドアから隣の部屋へ戻った。彼女は、向こう側の窓の正面に来て、顔を近づけた。曇っている部分の向こう側だ。ガラスに触れているようだ。それから、大袈裟に首を横にふった。向こう側にはなにもない、ということだろうか。

ロジは、窓から離れ、デスクが並んでいるところへ行った。僕がしっかりと見なかった周辺だ。デスクの上にのっている小物があった。彼女は、それを掴んで実験室へ戻ってきた。

「あちらには、曇りも穴もありませんでした」彼女は報告して、僕に鍵を見せた。ペンも一本持ってきたようだ。電子モニタで空中作図するときに使うツールだ。

鍵の方は、彼女が言ったとおり、古風な形状のものだった。今はそんな形の鍵はない。しかし、たとえば鍵を示すマークとして知られている。

さきに、ペンを手にして、曇りの中の穴に差し入れようとしたが、先だけしか入らない。太すぎるし、穴は円形ではなさそうだ。縦に長く、横幅はそれほどない。一方、鍵の先には、小さな板のような突起がある。それを縦にすれば、穴に入るかもしれない。

「何時?」僕はきいた。時間のことを急に思い出したからだ。「あ、そうか、見られるんだった」十一時五十三分である。

「あと七分です」ロジが答える。「六分と四十五秒」

穴が見えないが、鍵はその穴に入った。二センチくらいの深さまで到達しただろう。しかし、なにも変化はない。

「鍵って、入れるだけじゃ駄目なのかな」そう呟いていた。そのあとどうするのか、僕は考えた。

「入れたら、インジケータが光るのだと思いますが」

「インジケータなんてない」

もう一度、鍵を引き抜いた。その鍵の形状を確かめる。穴に入るか入らないかで鍵の相性が決まるものだと思っていたが、先についている突起の板には、不思議な切欠《きりか》きがある。

「ここの形で、鍵の相性をチェックするんだと思う」

「横から光を当てて、センサで感知するのですね」ロジが言った。

「いや、鍵は何百年もまえからある。中世の秘宝とか、海賊の宝箱とか、映画で見たことがある。そんな昔に、レーザや光センサなんてない。電子技術が存在していなかった頃から、鍵はある」

「では、両側から鍵に向かって小さな突起が飛び出して、それが当たるかどうかで形を確かめるのでは？」

「君は頭が良いね」僕は感心した。「そうだとすると、鍵を入れたときに、なにかを押して、その力でその突起が動く仕組みになっているはずだ。人力以外の動力を使わないはずだからね」

「スプリングが仕込んであって、鍵を入れたら、押さえが外れて飛び出す仕組みでしょうか」

「いや、それでは、一回しか作動しない。鍵を抜いたときに、元に戻らない」

「こんな問題を考えるために、ここに来たのですか？」ロジは少し笑っているようだった。

「その疑問は秀逸だ。その俯瞰《ふかん》こそ、人類の英知だね」

「あ……、グアト……」ロジの声が低くなったので、振り返った。

彼女が手を動かさず、指だけで方角を示していた。見ると、部屋の隅《すみ》に動くものがあった。

黒いヒョウだ。こちらを見ている。

「いつの間に？」僕は囁いた。

「ブラックホールから出てきたのでしょうか」ロジが囁いた。

6

「目を合わせない方が良いかもしれない」僕は言った。

黒ヒョウは、上階の宮殿にいたものより小さい。半分とまではいかないが、体長は一メートル程度だった。猫よりは大きいが、その大きさだったら、怖さは半減である。ただ、唸り声は同じで、ときどき口を開け、牙を見せて、こちらを威嚇している。

「警備員だと思うしかない」

「むこうの部屋へ逃げましょう」ロジが囁く。

僕は、もう一度ガラスの曇りを手で探った。そこに鍵を差し入れて、それから回転させてみた。左に捻っても動かない。右に捻ると、少し回ったあと抵抗があった。そこでさらに力を入れてみた。

金属音が鳴った。

ガラスと壁だったところに、長方形の形が現れ、奥へ僅かに動いたように感じられた。

「ドアだ」僕は言った。

ドアには取っ手がない。したがって、押すしかなかった。鍵穴があった側が大きく奥へ動いた。中は真っ暗でよく見えない。隣の部屋へ出るのではなさそうだ。

僕が闇の中へ入り、ロジも一緒についてきた。

ドアを越えたところで、逆にドアが閉まる方向へ押し返す。黒ヒョウが近づいていたからだ。

真っ暗だ。

ロジが躰を寄せている。手を伸ばしてみたが、近くにはなにもない。ドアからまだ二メートルも離れていない位置だった。

「あのヒョウが出てきたのは、このルートが正解だからだよ」僕はゆっくりと話した。自分が落ち着いていることを示そうとしたのかもしれない。

「そういうルールなんですか？」

「気持ちの問題」

「わかりません」ロジが答える。

「次は、何が出てくると思う？」

「二分の一の恐竜でしょうか」

「それでも、充分に怖いな。トカゲくらいの大きさになってほしい」

突然、天井が明るくなった。

照明が灯ったと思った。しかし、ロジの姿は見えない。自分の手も見えない。暗闇の中にいることは変わらなかった。

見上げると、四角い部屋の天井が白く輝いている。眩しかったので目を細めていたが、そのうち、その明るさの中、さらに高いところに白い平面があるように見えた。

「見える？」ロジに囁いた。

「見えますけど……」彼女は答える。「光がこの中には届かないみたいですね」

そこに、大きな顔が現れた。

腰を抜かすほど驚いた。声を上げたかもしれない。

高い位置に、顔が半分だけ見える。

次に、大きな手が入ってきた。僕はしゃがみ込んでいた。ロジも同じだったようだ。二人とも床に座り込んだ。自分も彼女も、そして周囲も真っ暗闇で見えないので、移動も難しい。

大きな手は引っ込んだ。顔も見えなくなった。

「あれは、グアトです」ロジが囁いた。「顔も手も」

僕はそうは感じなかった。

鏡にしては、大きさが違いすぎる。曲面の鏡だろうか。否、ここはヴァーチャルなのだ。鏡などなくても、どんな映像だって映し出すことができる。

三秒ほどで、僕はこの暗闇の正体に気づいた。「そうか、ブラックホールだ」と呟いていた。

そして、見上げた天井には、今度はロジの顔が現れた。

「さっき見た計器の中だ」僕は言った。「でも、時間がずれている。どういうことだろうか。ここまで光が届くのに時間がかかったのかな」

「ということは、もうすぐ、また暗闇になりますね」ロジが言った。

「君は冷静だ」

「どうして、声は聞こえないのでしょうか？　上の大きい私たちの声です」

「だから、遠くにいるんだって。音波は光よりはるかに遅い」

「非科学的な仮説では？」

「あ、時間は……」僕は言った。

「あと二分ですね」

「よしよし」僕は言う。「今ログオフしたらもったいない」

「ログオフできたら良いですけれど」ロジは言った。「さっき、できなかったのは何故ですか？」

「ログオフできる場所とか、タイミングが設定されているんだと思う。たとえば、ジャンプして空中にいるときにはログオフできない」

「そうでしたっけ？　そんなの試したことありません」

「僕はある。次にログインしたときに、安定した状態で同じ場面になるように、ある程度制限され、調整もされている。ただ、ずっとログオフ要求し続けていれば、いつかはログオフできる。少し待たされるというだけだよ」

「本当ですか？　信じられません」

顔を非対称に歪めるロジが目に見えるようだった。

僕たちは、まだ暗闇で手をつないでいた。僕の左手をロジの右手が握っていて、彼女の右肩が僕の左肩の背中側に接している。彼女は僕の左斜め後ろに立っていることになる。だから、この位置では、僕は大きく首を回さないと、彼女の顔を見ることができない。銃を持っているロジだったら、このようなフォーメーションになることは、まずないといっても良いだろう。ロジは右手でも左手でも銃を持つけれど、僕の後方に立つことはない。

もし、ここがリアルだったら、たとえ銃がなくても、ロジは僕の前に立つはずだ。そういう極めて希少な位置関係にあった。今さらながら感慨深い気持ちで、肺活量が少なくなったような気分である。

この際だから、ヴァーチャルでは僕が銃を持って敵に立ち向かっていき、彼女を守るようなシチュエーションがあっても良いだろう。考えただけでも、身震いするほど革命的な新世界である。

秘密のドアを開けて、あの測定器の中に入ったということは、全体を見ると、まるでクラインの壺《つぼ》のように、空間が捻《ねじ》れている。そんな想像をした。

もうすぐ時間かな、と思った頃、急にまた明るくなった。

上を見たら、普通の白い天井に埋め込まれたライトが光っていた。

周囲も見える。左を向くと、すぐ脇にロジが立っていた。

場所は、研究室だった。誰もいない、失踪した研究員たちが使っていた場所だ。ロジは窓へ行き、隣の実験室を覗いた。

「ヒョウはいませんけれど、人がいます」

「え?」僕もそちらへ行く。

作業台の近くに、人が椅子に座っている姿が見えた。

7

ドアを開けて、実験室を覗く。このドアから入るのは二回めだ。しかも、同じ方向に連続二回。ロジは鍵を取りに戻っているので、この方向が三回めになる。

ドアを開けたまま、実験室の全域を慎重に見回した。黒ヒョウがいないことを確認した。

作業台の椅子に座っている人物が、こちらを向いた。体格の良い老人だった。髭を生やしているが、誰なのかわかった。ジョン・ラッシュだ。目が合った。

「私が見えますか?」ジョンはきいた。

「見えます」僕は答える。「ラッシュさんですね?」

老人は頷いた。「貴方は?」

「グアトといいます。彼女はロジです」僕は名乗った。「あまり時間がありません。見えるようになったのは、ギリシャからの通信を遮断しているからです」

「ああ、そうですか。しかし、少し遅かった。だいぶまえに彼らは連れ去られました」

「研究員たちですね？　どこへ？」

「わかりません。というよりも、連れ去られたのか、削除されたのかも、わからない。私は用済みとなったから、ここに残された」

「ここで、何をしているのですか？」

「なんでもできます。どこへでも行ける。でも、なんの影響も生じません。影響が出ないように、すべてに対してプロテクトされてしまったからです。つまり、なにもできないのと同じこと」

「貴方は、リアルでは自殺されたのですね？」僕は単刀直入に質問した。

「あまり言いたくありませんが、ええ、そんなところです。でも、騙されたみたいなものです。こんな無意味な生活をするつもりではなかった。こちらでも、私の技術を生かして、仕事ができると考えていました。ああ、でも、人間なんて、もう用済みなんでしょうね」

「ギリシャのプロテクトは、誰が実行したものですか？　そこをキャンセルできれば、問題は解決するのでは？」

「どうでしょう。そんなこと、できますか？」ラッシュは苦笑いした。

「ヴァーチャルで攻めるのは無理でしょう。完全な防御をしていると思います」

「え？　では、リアルで？　それは、ますます難しい」

「二十四時間後に、サーバを止めにいきます」

「まさか、本気ですか？」老人が立ち上がった。「そんなことができるはずがない」

「やってみます。そのタイミングで、こっそりと、みんなに連絡ができませんか？　こちらへ戻ってくるように、誘導して下さい」

「無理ですよ。そんなことを企《たくら》んで、失敗でもしたら、余計に酷いことになる」

「今よりも酷い状態というのは、どんなものですか？」

「賭《か》けるしかないのでは？」

「は？」少し遅れて、ラッシュは目を細める。

「賭ける？」表情が少し変わった。「私は、神を信じない。私がしてきたことは、神が許さないことでした」

「いえ、許すと思いますよ」僕は微笑んだ。「というよりも、許さなかったら、神じゃない」

「神じゃない？」

「黒いヒョウは、何故ここにいるのですか？」

「ああ、あれは、私のペットです。連れてきたのですが、どうも、曖昧な領域に入ってしまって、ときどき行方不明になります」

「ヒョウに導かれて、ここまで来ました」

「いや、あれは、私を探しているのかも」

「そうですか、では、人を襲うようなことはないのですね？」

「ありません。気の良い奴《やつ》ですよ」

「では、これで」僕は片手を上げた。「リアルで準備をしないと」

「わかりました。精一杯、やってみましょう。まず、この端末だけでも、プロテクトを回避させないと……、プロテクトが戻らないうちに」

彼は、研究室に移動し、デスクの一つに腰掛けた。モニタを起動させたようだ。彼は、両手を素早く動かし、コンピュータを操作している。こちらを見向きもしなかった。時間が惜しいのだろう。

その場でログオフしようとしたが、できなかった。

そこで、来た道を戻ることにする。ラッシュを研究室に残し、通路へ出ようとしたが、ドアが開かなかった。というよりも、壁にドアがあっても、ドアノブが摑めない。絵に描いたドアのようだった。

「まもなく十二時十五分です」ロジが言った。

「本当だったら、ここにみんながいたはずなんだ。オーロラの演算結果ではね」

「ここに?」ロジは首を捻った。

「グッドラック!」ラッシュが叫ぶ声が聞こえた。

急に照明が消えて、暗闇になる。

「ラッシュさん?」僕は呼んだ。しかし返事はない。「プロテクトが戻った。えっと、ドアを探さないと。方向的には、こちらかな」

手を伸ばすと、ロジの手が触れた。

「君の手?」

「私の手でなかったら、怖いですよ」

手探りでドアへ行く。そこには取っ手があった。それを掴んで引くと、明るい光が差し込んだ。

ドアの外に出て、振り返る。ドアはスプリングが効いて閉まった瞬間に消えて、ガラス窓と壁になった。ガラス窓には、小さな鍵が刺さったままだった。僕はそれを引き抜き、ロジに手渡した。

実験室には誰もいない。ラッシュが最初に座っていた椅子は、そのとおりの位置にあった。黒いヒョウはいなかった。彼のペットと聞いて、恐怖心は和らいだので、もう一度見たいくらいだった。

再び隣の研究室に戻った。ラッシュはいない。誰もいない。ラッシュがコンピュータを操作しているはずのデスクを見た。今も彼は座っているのだろう。ただ、見えないし、触れることもできない。存在しないのと同じなのだ。

ロジは、鍵とペンを元どおりの位置に戻した。そうしなければならない理由は思いつかなかったが、なんとなく波風を立てない方が良いだろう、との判断だろう。

通路へ出て、エレベータの方へ歩く。いつの間にか、小走りになっていた。

「戻れるでしょうか」ロジが走りながらきいた。

「ここでログオフすると、明日は観光ツアーに参加できないよ」

「できなくても、問題ないのでは？」

「まあ、そうだけれど」

そんな会話をしながらも、エレベータに乗り込んだ。地上二階のボタンを押した。

「黒ヒョウがいるでしょうか？」

「大きさと位置が自在になるペットなんだ。彼はペットもヴァーチャルへシフトさせる技術も持っていたんだね」

エレベータが開いて、ロジがさきに出ていった。通路の左右を確かめている。手招きして、大丈夫だと示した。こうして、僕たちは自分たちの個室に無事に到着した。時刻は十二時二十分になっていた。

ベッドの近くまで行って、ログオフした。

しかし、部屋の様子は変わらない。

「できません」ロジが言った。

「うーん、変だなぁ」少し心配になった。

改めて、壁にある時計を見ると、時刻が六時半だった。

「あれ、時間が進んでいる」

ロジは、ベランダ側へ行き、カーテンを開けた。

「あ、ここ、ドイツじゃないみたいです」彼女が言った。

ドアがノックされた。返事もしないのに、それが開いて、髪の長い女性が部屋に入ってきた。オーロラである。僕の近くまで来て、お辞儀をした。

「お疲れ様でした」

「良かった、じゃあ、あそこからはログオフできたんですね？」ロジがきいた。

「はい、そうです。今は、私の管理するエリアに、お二人ともいらっしゃいます」オーロラが答える。彼女は再び僕の方へ視線を戻した。「ところで、私が予測できなかったことが一点生じました。二十四時間とおっしゃいましたけれど、あれは、どういうご判断だったのでしょうか？　ギリシャのサーバを止められるとお考えなのですか？」

「日本の情報局だったら、それくらいは朝飯前だと思ったので」僕は言った。「えっと、無理ですか？」

「無理ではありません。場所は特定されています。アテネの郊外です。さきほど、ポケットに入れられた地図に示されていましたから」

僕はポケットに手を入れた。しかし、地図はなかったし、ポケットもなかった。もう世界が切り替わっているのだ。物体をそのまま持ち運ぶことはできない。この世界で往来が可能なのは、信号だけである。

そう思って見ると、部屋のインテリアもすっかり変わっていた。ロジの服装も、それに僕が着ているものも変わっていた。一瞬で切り替わったのに、気づかなかったのだ。

「ミサイルを撃ち込むのですか？」僕は尋ねた。自分がイメージしたのは、それだった。

「たしかに、犯罪組織のアジトのような場所ですから、その許可も下りるかもしれません」オーロラは頷いた。「ただ、さすがに二十四時間では、会議を召集して、議論をする時間もありません。ギリシャも世界政府に加盟する民主主義の国家です」

「では、電源を切るだけです」僕は言った。「トランスファを送り込めば、できるのでは？」

「非常電源に切り替わるはずです」これはロジが言った。

「すぐ隣には、フスの工場があります。そこから電気を横流ししているようです」オーロラは言った。「フスの電気を止めるには、戦争を覚悟しないとできません。六十五パーセントの確率で、一週間以内に開戦となるでしょう」

「どうしたら良いですか？」僕は尋ねた。「既に演算したのでは？」

「そうですね。サーバは、違法な薬品を製造する化学工場の中にあります。工場の生産管理の名目で設置されています。港の近くにあって、二十四時間稼働する工場です。人間は昼間に数人が訪れるだけ。働いているのは主にロボットで、その九割が警備員です。どれくらいの戦力か不明な点が多いものの、エネルギィ量から推定して、四十から七十体。それほど新しい型ではありませんし、また戦闘用でもありません。比較的簡単な任務と演算されます」

「誰が、その任務を？」ロジがきいた。

「二十四時間となると、日本からは遠いですね。最も近くにいる局員は、現在、三人です」

ロジとセリンとペネラピのことらしい。

僕は振り返ってロジの顔を見た。彼女は腕組みをして壁にもたれかかっていたが、深呼吸するように息を吐くと、額の髪を掻き上げ、小さく頷いてから僕を睨んだ。

「どうする？」僕はロジに尋ねる。

「馬鹿《ばか》みたい」ロジが小声で呟いた。

8

時間は充分にあった。まずは、リアルで眠ることにした。セリンとペネラピには、十二時間まえに任務を伝えることになった。

翌日のランチも、普通に四人で食べた。直前にロジが二人に任務を送ったようだったが、二人ともまったく変化はなかった。こういう仕事をしていると、こんなものなのかもしれない。

変わったことといえば、午前中にロジがジョギングに出かけたことくらいだった。疲れたらまずいのではないか、と僕は心配したのだが、どうも逆らしい。シャワーを浴びたあと、彼女はこういった。

「たまには、これくらいの刺激がないと、躰が鈍《なま》りますよね」

では、あのシャチとか恐竜とかミサイルとか黒ヒョウとかは、たいした刺激ではなかったということだろうか。

任務の六時間まえに、工場を破壊しても良いとの許可が内々に取れた、と連絡が入った。これはギリシャ政府か警察本部のトップ、ごく一部の判断らしい。会議にかけると情報が漏れる恐れがあり、事後に正式な許可を取るスケジュールが選択されたのだ。

それらを聞いたときには、僕たちは雲の上を飛んでいたし、その情報を待っていたわけでもなかった。特に、僕は単なる付き添いで、役目もこれといってない。搭乗人数に余裕があったので、それならば、とついてきただけだった。

ジェット機は、港のコンテナのヤードに着陸した。任務の一時間まえだった。着陸したら、三段に積まれたコンテナに囲まれていて、風景はなにも見えなかった。

そこを出ていくと、地元の警官が来ていて、日本からの要人が来る、と聞いている、と話した。その要人が僕だと勘違いしたようだが、そのまま正さなかった。僕だけが男性で若くなかったからだろう。

警察が用意してくれたのは、大型のリムジンだった。それに四人で乗り込んだ。途中まで警察のクルマが一緒に走ったが、いつの間にか一台になった。そして、工場のような場所の前に停まった。

ゲートの警備をしていたロボットは、トランスファが排除し、リムジンは中に入ることができた。そのトランスファが、工場の警護を任されているトランスファを排除するのに一分半かかった。三分かかると演算されていたのだから、味方のトランスファは優秀だ。

ロジとペネラピとセリンは、ヘルメットを被り、防具を着けている。ロジの銃が一番大きい。次がセリン。ペネラピは長い刀を持っているだけだが、もちろん銃もどこかに隠し持っているのだろう。リムジンは工場の裏側の荷物搬入口まで進んで停まった。

「三十分で戻ってこなかったら、このクルマは自動的に退避行動を取ります」ロジは僕に言った。「シートベルトを忘れないように」

「ちょっと、待った」僕が言うと、ロジはこちらを振り返った。「いや……、その、気をつけて」

「気をつけますよ、もちろん」ロジはそう言うとドアを開けた。三人は飛び出していった。

「ロジのカメラ映像を見ますか？」急に女性の声で話しかけられる。リムジンのコンピュータだろう。

「見る」僕は答えた。「見てもしかたがないけれど、なにかアドバイスできることがあるかもしれない。こちらの声が彼女に届く？」

「いいえ。邪魔になります」

「ああ、そうだね」

工場が近づいてくる。

最初はゆっくりと歩いていたが、走りだした。

音も聞こえる。彼女の息遣いがわかる。

シャッタが上がっているところから、横向きになり、滑《すべ》り込《こ》むようにして入った。

辺りを見る。ロボットが作業をしていた。警備ロボットが、警告信号を発したようだが、すぐにそれが停まった。

　警備ロボットを排除し、奥へ進む。階段を駆け上がっていった。サイレンが一瞬だけ鳴ったようだが、これもすぐに鳴り止んだ。味方のトランスファが働いているのだろう。

「工場外から、仲間が来る?」ロジの声だ。

「既に通信経路を押さえました。周囲は地元の警察が固めています。取締りを行うという名目で、合法的に阻止されます」トランスファが答えている。

「このプロジェクトの成功率は、どれくらい?」僕は質問した。

「約八十五パーセントです」

「その数字で、日本の本局がよくゴーサインを出したね」

「十パーセント上乗せして報告しました」

「え?　それは、危険側では?」

「いいえ。危険性に影響はありません。人間の感情、あるいは印象の問題であり、実現象の評価を誤ったわけではありません。演算に用いるファクタの選択によるバラツキの範囲で、あくまでも統計的な処理の差異と見なされます」

「もしかして、君は……」僕は、トランスファの名前を言いかけた。声は以前と違っていたが、言葉の選び方や、返答のタイミングに懐かしさを感じたからだった。

「失礼、内部の仕事に集中します」

「ああ、そうしてほしい」

三階に上がった。ロジが先頭のようだが、立ちはだかるロボットたちがつぎつぎと倒される。ときどき振り返ると、ペネラピが後方から支援しているようだった。セリンの姿は近くにいない。経路の防御を任されているのか。

すべて、オーロラがプランを立て、トランスファが支援をしている。ロボットや機器類を麻痺《まひ》させているのもトランスファだ。もし、彼女だとしたら、最強であることを、僕はよく知っている。

ロジたちは、コンピュータルームにルータを持ち込む。そのルータを足掛かりにして、トランスファがサーバをシャットダウンする。防御システムの人工知能が排除され、リアルで稼働するロボットの指揮を取るシステムが麻痺した場合、防衛システムが補助プログラムを立ち上げるだろう。そのまえにサーバを止めて、現状把握のデータアクセスを許さず、無力化する、という作戦である。

コンピュータルームに近づいている。通路で防衛ロボットとの衝突があったが、三十秒ほどで排除された。ドアがロックされているため、メカニズムをレーザで焼き切ることになった。この作業をロジが行い、ペネラピが周囲と応戦する。

「駄目。機構が違います」ロジが言った。

得られているデータと異なるようだ。

「天井から侵入する」ロジが指示した。

セリンが現れる。ロジが、天井へレーザを向け、開口部を作る。パネルが落ちてきた。その穴へ、セリンが飛び込む。

ロジが周囲を見回した。階段を上がってくるロボット軍に、ペネラピが応戦し、膠着《こうちゃく》状態が続いているようだ。

「まず、ロックの電源を切る方が良い」僕は言った。「電源は床下だ」

この声はロジには届かないが、トランスファは聞いている。演算したうえで、ロジたちの作戦を変更するだろう。

思ったとおり、ロジは床にレーザを向けた。三箇所ほど試したところで反応が確認された。セリンが上から飛び降りる。二人でドアを開け、ロジがさきに中へ入った。

コンピュータルームには、セキュリティシステムが稼働している。しかし、ルータが内部に入ったことで、トランスファがそれらと交戦する。

セリンは、ペネラピの応援に回ったようだ。ロジはドアから数メートル入ったところで、床に伏せている。彼女の低い視点から、奥のコンピュータが見えていた。

セキュリティが排除された。ロジは素早く立ち上がり、コンピュータに近づいた。

ソフト的な侵入はトランスファが試みる。ロジは、コンピュータの後ろに回り、シャーシのハッチを開けた。内側に手を入れ、パネルの構造を見る。内視鏡を放《はな》って、コンピュータ内の映像に切り替わった。

「テンポラリィ・メモリボードの位置は？」ロジがきいた。

内視鏡が奥へ入り、ゆっくりとスキャンしている。

ロジが振り返った。

天井のレーザ銃が動いている。視点が揺れ、彼女が動いた。

「バックアップが立ち上がった」ロジが叫んだ。「もう一度、排除を！」

レーザ銃のオレンジ色の光に包まれる。

煙が上がった。

ロジは、コンピュータ本体の影に隠れている。本体を撃つことはできないからだ。

彼女は戸口を覗いた。もの凄《すご》い勢いで、ペネラピが飛び込んできた。

床を滑りながら、天井へ向けてなにかを投げる。

ロジが見上げると、レーザ銃が三度発射されたあと、火花が散った。ロジが立ち上がり、そのレーザ銃を撃つ。

煙の中からペネラピが立ち上がり、ロジをちらりと見た。

「ほかには？」ロジがきいた。

「壁の銃二機は排除」ペネラピが応える。

「外は？」

「セリンが応戦」

「戻って」

内視鏡の映像に切り替わった。

「あ、それだ」僕は叫んだ。「今見えたやつ」

行き過ぎた映像が戻り始める。

「破壊すると、クラウドのデータに切り替わる。クラウドの通信配線は？」

「既に遮断しました」トランスファが答えた。

「ハッチが開かない」ロジが言った。「接着されている」

「レンチは？　接着じゃない。なにかで止められているはず」

「グアト、聞こえる？」ロジが言った。「パネルごと破壊して、基盤を抜く？」

「ロジ、ハッチを開けなきゃ駄目だ。破壊したら、メカニカルのセキュリティが作動する」

「これを爆破するしかないな」ロジが立ち上がって言う。「ペネラピ！」

「ちょっと待った。ハッチのエッジを見せてくれ」僕は言った。

「セリンが呼んでいる」ペネラピが部屋から飛び出していった。「そちらを優先」

「待って、君しか爆破できないでしょう、これは」ロジが止めようとした。彼女が舌を鳴らしたのが聞こえる。「しかたがない、レーザで穴を開ける」

「そうじゃない。ハッチの端を見て」僕は言った。

内視鏡が戻ってきたらしい、ハッチの内側からの映像になった。

大きな爆発音が聞こえた。

「どうした？」ロジがきいた。

「大丈夫です」セリンの声。「床が抜けただけです。ペネラピが爆薬で敵を排除」

「退路の確保を」ロジが指示した。

「はい、了解」

映像がハッチのエッジになった。そこに沿って移動する。

「あった。ネジだ」僕は言った。「今、ネジがあった！」

「表にネジなんかありません」ロジが応える。

「あ、聞こえる？」

「聞こえます」

「ハッチは塗装で付着しているだけだ」

「ネジ六箇所を確認」トランスファが言う。「ヘキサゴナル三ミリ」

「やれやれ……」ロジが息を吸った。彼女は自分のブーツを見ている。「あ、あるある」

「位置を重ねて示します」トランスファが言った。

ロジは顔を上げて、ハッチを見た。周囲の六箇所にオレンジ色の点が表示されている。

「これを手で回せっていうの？」ロジが呟いた。

「一本を二十秒で」トランスファの声。「二分あれば可能」

ロジは銃を床に置いた。小さなツールを示された点に差し込み、手応《てごた》えを確認している。

「固い。錆びてるんじゃない」ロジが呟く。

最初のネジが回った。

「そちらは、大丈夫？」ロジがきいた。

「地下から上がってきた奴らが、自律系です」ペネラピの声が応える。

「武器の無効化を試みています」トランスファが言った。

「このネジをセリンに任せて、私がそちらへ行くか？」ロジがきいた。

「君の方が良い。いつもクルマの整備をしているじゃないか」僕は言った。

「それ、励《はげ》ましですか？」

「頑張って」

地道な作業が続き、ネジが三本抜けた。ロジはハッチを動かそうとしたが、びくともしないようだ。

「ネジを外せば開くという保証は？」ロジがきいた。

「ありません」トランスファが応える。「確率は演算不能」

「あるよ」僕は言った。「塗料が固着しているだけだ」

また爆発音が響いた。

「どうした？」

「催涙ガスかな」セリンが言った。

「そんなものがあるの」ロジが言う。「想定外だ」

「後退する」ペネラピが言った。

ロジがコンピュータの横へ顔を出し、視線を戸口へ向けた。セリンとペネラピが入ってきて、二人でドアをスライドさせ閉めた。

「ほかに、出口は？」ペネラピがきく。

ロジが最後のネジを外した。しかし、ハッチは開かない。

「駄目」ロジが言った。「爆破する。準備を」

「了解」ペネラピがコンピュータの近くへ来る。

「ハッチの隙間《すきま》にドライバを差し入れてみて」僕は言った。

「ドライバ？　そんなものありません」

「なんでもいいから。テコにして力をかける」

ロジが周囲を見た。床に散乱している物が映った。天井から落ちた銃の部品らしい。

「今の、それ」僕は言った。「鉄の板みたいなの」

「これ？」ロジが手に取った。

彼女は、それをハッチの端に差し入れる。板が大きいので、やりにくそうだ。

「あ、少し開いた」ロジが言った。

別の位置に移って、そこに差し入れる。力をかけると、ハッチが手前に動く。床に落ちて、大きな音を立てた。

「足の上に落ちそうだった」ロジが呟いている、「OK、開いた」

「右にあるスイッチを」トランスファが指示する。

「これ？」

「すべて逆へ倒す」

ロジの手が、スイッチのトグルを倒していく。

「左上の基板を抜いて。上から二枚め」

「これ？」ロジが手をつける。

「ロックを外してから」

基板が引き抜かれた。

「セキュリティシステムが解除されました」トランスファが伝える。

「これ、持って帰る？」ロジがきいた。

「その基板は、もう必要ありません」

「セリン、どう?」ロジはきいた。

ドアにセリンは耳を当てていた。

「外でロボットが集結しているようです」音か振動を感知しているようだ。

「さてと、どうしたら良いの?」ロジが立ち上がって言った。「このさきのスケジュールを教えてくれる?」

「投降するか、あるいは、床を破壊して、下のフロアへ脱出するか」トランスファが言った。

「投降か……」ロジはそう呟きながら、床を見た。

彼女は、レーザで穴を開け始めた。

9

目的が達成されたことは、工場から出て、リムジンで港へ向かっている途中に知らされた。ジョン・ラッシュからメッセージが届いたのだ。ウォーカロンの研究者たちは、全員が無事に研究所に戻った。さらに、動物園の飼育員もその中に含まれていた。もちろん、リアルではなく、ヴァーチャルの研究所と動物園に戻った。今後のことを考えて、別のサーバへただちに移動するとのことだった。

ロジたちが工場を脱出すると同時に、警察のロボット隊が突入し、内部の捜査が開始された。上の方で会議が前倒しで行われた結果だという。それは、トランスファの推定であって、実際のところはわからない。

僕たちは、無事にドイツの自宅まで帰ることができた。

念のため、三日間は、セリンとペネラピが警護をしてくれた。三日後に、ペネラピがさきにイギリスへ発《た》った。セリンは滞在期間を延長して、あと四日はいることになった。観光ツアーは、結局キャンセルした。あの宮殿に戻っても、また動物園や研究所を訪れても、すべてが虚構としてしか受け止められない気分だったからだ。

その気分を幾分でも和らげてくれたのは、リアルの宮殿の修復計画が話し合われている、とローカルで報じられたニュースだった。今年度の追加予算が下りれば、近々着工することができ、三年後には完了できる、とのことである。

その後、シャチも恐竜も、発見されていない。専門家によれば、いずれも長く生きることは難しいだろう、と推測されている。特に、恐竜は冬を越せないのではないか、との見方が、多くの素人評論家の語るところでもあった。

ギリシャの工場は閉鎖されたとの情報が伝えられただけで、当該組織がどうなったのか、その犯罪行為がどこまで明るみに出たのかは不明である。フスが関係していたことは、当然ながらまったく表に出てきていない。

フスは、まもなく新しい人工細胞と人工臓器を発売する。その開発が遅れないことを世界中の人々が願っているのだから、その大きな流れを止めようとするものには、あらゆる妨害を受ける可能性があるだろう。それは、正義ではない、ということになるかもしれない。

僕は、このような多数決に支配された姿勢を「正義」だとは思わない人間だ。しかし、多くの人たちにとっての正義は、まちがいなくそこにある。人間が生き延びて、長く平和な社会が継続すること、それは一点の曇りもなく素晴《すば》らしい、正義と呼ばれるものの目的なのだ。

ウォーカロンの研究員たちは、その正義の壁に付いた僅かな傷を知っていた。フスが昔から知っていた解決方法を、私利のため隠していたことだ。だから、彼らは囚われていた。彼らには、それを明かす気などなかったし、またたとえ明かされたとしても、大いなる正義の流れには、いかほどの影響も与えられなかっただろう。

森の中で凍死していく恐竜が、やがて朽ち果て、小さな野生動物の食料となる。それは、太古から繰り返される輪廻《りんね》の惰性《だせい》でしかない。

生きものはいずれ死ぬ。死んでも、それが他の生きものの生に続くように、このシステムのバックアップが作られている。

あの恐竜は、絶滅危惧種ではない。絶滅どころか、子孫を作ることもできなかった。いわば、最初から生きられない存在だった。

多くの絶滅危惧種を人類が救っているが、それが誇らしいことだと思い込もうとしているだけなのではないか。

同様に、人類は人間の絶滅を、どうにか防いでいる。

誇らしい正義がある、とやはり錯覚して……。

セリンが帰った翌日、ロジはクルマの整備を久しぶりに始めた。天気が良かったので、僕も外に出た。リアルの太陽光を浴びて、多少は殺菌できるかもしれない、と考えたわけではないが、なんとなく、屋外で彼女と話をしたくなったからだった。

「ブーツが工具入れになっているとは思わなかった」僕は話しかけた。

「前世紀の遺物だと悪口を言う人もいます」ロジはこちらを向かない。エンジンルームを覗き込んだままだ。「六角なんて、今どき使いませんから」

「あのときのトランスファは、君の知合い?」

ロジは顔を上げて、僕を見た。

「何の話ですか?」

「トランスファがいたよね。君に指示をしていた」

「オーロラのことですか?」

「いや、オーロラじゃない」僕は言った。

「オーロラが使っていたトランスファです」

「いや、トランスファ自身が、話しかけてきた」

「知りません」ロジは、ふっと吹き出して笑顔になった。「声が違いました？　それとも、姿でも見えたのですか？」

「いや、そうじゃないけれど……」

彼女は、再び作業を始める。レンチでなにかを回そうとしているようだ。僕は一歩近づいて、その様子を見る。

「それは、何？」

「何がですか？」顔を上げず、ロジが応える。話をするのが面倒だ、という口調である。

「それは、もしかして、モータのプーリィとか？」

「そうですけれど」

「それを外したいの？」

ロジは顔を上げ、こちらを見た。

「少し固いだけです。大丈夫です。ご心配なく」

「エンジンは、どちらに回るの？」

「え？」ロジは、首を傾げた。「そんな話……」

「たぶん、こちらへ回転するよね」僕は手を伸ばして、プーリィを指差した。

「ええ」

「発電しているときは、エンジンがモータを回すけれど、エンジンをかけるときは、反対だ」

「いいえ、同じ回転方向です」ロジは、溜息をついた。腰に手を当てて、僕を睨む。

「回転方向は同じでも、力の関係が逆だ。始動のときは、モータがベルトを引っ張る」

「そのとおりです」

「だから、このプーリィは、そのときに緩まない方向へボルトを締める」

「でも、エンジンが引っ張るときは？」

「その場合は、比較的回転が一定だと思う。始動のときの方が、トルクがずっと大きい」

ロジは後ろを振り返った。考えているようだ。

「そうか、逆《さか》ネジなんだ」彼女は呟いた。

再びレンチをはめ込み、さきほどと反対方向へ力をかける。レンチのレバーが動いた。

彼女は、こちらを見て微笑んだ。

「ときどきだけれど、力任せより、理屈が役に立つときがあるよ」僕は言った。

「ときどき」ロジが言葉を繰り返した。

エピローグ

フランスの自然史博物館で、キャサリン・クーパ博士と再会した。大勢の入館者が周囲にいたが、僕と彼女は、展示室の中央で立ち止まり、白い猫科の猛獣の剝製《はくせい》を見上げていた。動かないけれど、展示されている動物のなかで、最も生きていそうに見えた。

「あの人たちから、感謝の言葉を伝えてほしい、と言われてきました」クーパはにっこりと微笑んだ。「イ・シュウ博士だけは、リアルに戻られるようでしたけれど」

「どうやって？」

「まだ、リアルのボディが生存していた、ということのようです。サバイバルがご趣味だったとかで……」

「では、森の中で楽しんでいたとか、ですか？」

「おそらく」

「リアルの人格が、反骨精神を発揮したわけですね？」

「仲間割れともいいます」

「そうですか、では、お会いすることがあるかもしれませんね」

「詳しくは存じませんけれど……」クーパは口を歪《ゆが》めて、首を傾げた。「どちらでも、違いは僅かだと私は思います」

「たとえば、ロボットやウォーカロンのボディに戻ろうとは思われませんか？」

「え、私のことですか？」彼女は、驚いた顔をしたあと、すぐに笑顔でそれを隠した。「それはありえません。リアルで生きることは、そうですね、一言でいえば、煩《わずら》わしい」

クーパ博士は、無菌室で過ごさなければ生きられない体質だったのだ。そういった価値観を持つのは、むしろ自然かもしれない。ただ、僕の提案は、そういった病《やまい》を除いて、健康なボディに戻る、という意味だった。

「ヴァーチャルは、自由ですか？」

「そうですね。ええ、自由だと思います。いつまで続くかわかりませんけれど、生きていられるなら、その間は楽しみたいと思います」

「お嬢さんは、お元気ですか？」

「おかげさまで」

「ヴァーチャルで生まれた人は、なおさら、リアルでボディを持つことなんて、考えられないのでしょうね？」

「想像はできると思います。リアルの人がヴァーチャルへシフトするのと同じでしょう。

我々は、かなり高い環境適応能力を持っています。理屈で考える思考能力を有しているからです。本能的なもの、感情的なものは、やがては消滅するか、少なくとも薄らいでいくのでないでしょうか」

「なるほど、人間の感情というものが、絶滅するということですね」

「既に、何世紀もまえに絶滅していた、ともいえます」

彼女の言ったことを、三秒ほど考えた。

宗教や神のために人が殺され、人種が違うというだけで暴動や戦争になった時代が過去にある。そういった野蛮な思想は、まちがいなく感情的な心理から発していたものだろう。たしかに、人類はそれを克服したかに見えるが、実は、感情そのものが生きる場を失い、人知れず衰退していったのかもしれない。もしそうなら、原因は科学だ。

「動物を使った実験的研究というのは、新しいクリエーチャを作りたい、すなわち自分が神になりたい、という子供じみた欲望が始めたものです」クーパは話した。「そして、人類はその力を手に入れた。死なないものをつくることもできた。どんな動物も再現できる。役に立つか立たないかなど、途中からどうでも良くなっていた。その意味で、生命科学は行き着くところへ行き着いてしまった、といえるのでは？」

「でも、解決しなければならない課題が、まだあるのではないでしょうか？」僕は言った。研究者が常に語る台詞だな、と思いながら。

「解決しなければいけない、と思われますか?」彼女はきいた。

「それは、誰でもそう思っているのでは?」僕はきき返す。

「私は、思いません。滅びることが、本来の自然です。それが、いうなれば、神の意志でした。既に、そこから逸脱し、私たちは自由というものに傲《おご》り、溺れている。どこまでも自由になれるのだと勘違いしているように、私には見えます」

「それは、ええ、少し思いますね」僕は頷いた。「私たちの年代は、今の世の中になかなか適応できないようです。私なんか、ヴァーチャルだって、まだ抵抗がある」

「結局は、ヴァーチャルも同じですよ。どちらにいても、変わりはありません。どちらも完全ではない。完全ではないから、自由を求め続けることになります」

「完全な世界というものは、ありえないと思いますか?」

「いえ、もう、その世界を通り過ぎてしまったのではないでしょうか」

「通り過ぎた? 過去に、完全な世界があったということですか?」

僕は、また考えた。子供の頃は、自分が不完全だった。だから、世界は完全なものだと感じた。世界を知る過程で、数々の不備がわかってきた。だから、もっと完全な世の中になることを願ったし、それが人類の目標なのだと考えてきた。

「数字に終わりがないようなものです。すべては相対的なものではないでしょうか?」クーパ博士が言った。「不完全な過去のデータで、未来に向かって演算し続ける」

「なるほど……、それが自由というものですか」僕は頷いた。

彼女と二人で博物館を出て、階段を下りていく。噴水があって、そこにも沢山の人たちが集っていた。表示をオフにしても良いと発想したけれど、これは観光ツアーではないので、そのようなコマンドがあるのかどうかもわからない。

「人が大勢いる環境が、博士はお好きなのですね」少々失礼な物言いかなとも思ったが、きいてみることにした。

「どちらかといえば、そうかもしれません。寂しいところに長くおりましたので」

「もう一つ」僕は振り返った。「ツェリン博士は、この世界にはいないのですか?」

「作れば、いると思いますが、作ったもので満足できますか?」

「いえ、尋ねてみただけです。すみません」

「では、そろそろ失礼をいたします」クーパは片手を差し出した。

軽くそれに触れると、彼女の姿はフェイドアウトした。

人と別れるというのは、残像を見る体験に近い。

炎の中の残像も、見えた。

しばらく、その場所に僕は立っていた。

周囲を見回したが、変化がなかった。

「おや、まだここにいる」僕は独《ひと》り言《ごと》を呟く。

クーパ博士の世界だと認識していたからだ。博士が消えれば、この世界が消えると思っていた。ということは、別のヴァーチャルに博士もログインしていただけなのか。

どこだろう、ここは。

ぐるりと周囲を見回した。パリの自然史博物館前の広場にまだいる。

なんとなく、気配を感じる。

一瞬だけ、風が吹いたような。

群衆の中から、僕の方へ歩いてくる少女に気づいた。

誰も僕を見ていないのに、彼女だけが真っ直ぐに視線を向けていたからだ。

赤い目の少女だった。

セリンに似ている。

でも、今のセリンではない。

最初に会ったときの、まだ幼かった彼女だ。

僕の前で少女は立ち止まった。

人形のように、表情は変わらない。

じっと僕を見据える目。

「ここは、君の世界なんだ」僕は話しかけた。

少女は、無言で頷いた。

微笑んでいるようにも見える頬と唇《くちびる》。

「私の名を口にしないで下さい」少女は口も動かさずに言った。大人びた口調である。

僕は無言で頷いた。

おそらく、電子界に痕跡が残ることを危惧しているのだろう。

「このままは、どうもありがとう」僕は礼を言った。「オーロラが呼んだんだね?」

少女は、また頷く。

そして、白く細い片手を伸ばした。

「君の手を握るのは、初めてだ」それは、僕の心の中の言葉だった。

僕は彼女の手を取った。

しばらく、公園を歩くことにした。

黄色い葉が散り始め、歩道の色を変えようとしていた。そのうち、周囲の人々は一人ずつ消えていった。最後に残ったのは、近くを歩いている小さな犬だけだった。主人が消えて、自由になったのに、同じところをうろついている。そして、その犬もやがて消えた。

二人だけになった。

永遠に生きられるよりも、明日がある方が、幸せかもしれない、と思う。

完全な自由を手に入れるよりも、今日より少し自由な明日を信じて生きよう。

「私も同感です」少女が言った。

「あれ、考えていることが読めるの？」

「約七十五パーセントですが……」

森博嗣著作リスト

（二〇二一年四月現在、講談社刊）

◎S&Mシリーズ

すべてがFになる／冷たい密室と博士たち／笑わない数学者／詩的私的ジャック／封印再度／幻惑の死と使途／夏のレプリカ／今はもうない／数奇にして模型／有限と微小のパン

◎Vシリーズ

黒猫の三角／人形式モナリザ／月は幽咽のデバイス／夢・出逢い・魔性／魔剣天翔／恋恋蓮歩の演習／六人の超音波科学者／捩れ屋敷の利鈍／朽ちる散る落ちる／赤緑黒白

◎四季シリーズ

四季　春／四季　夏／四季　秋／四季　冬

◎Gシリーズ

φ《ファイ》は壊れたね／θ《シータ》は遊んでくれたよ／τ《タウ》になるまで待って／ε《イプシロン》に誓って／λ《ラムダ》に歯がない

／η《イータ》なのに夢のよう／目薬α《アルファ》で殺菌します／ジグβ《ベータ》は神ですか／キウイγ《ガンマ》は時計仕掛け／χ《カイ》の悲劇／ψ《プサイ》の悲劇

◎Xシリーズ
イナイ×イナイ／キラレ×キラレ／タカイ×タカイ／ムカシ×ムカシ／サイタ×サイタ／ダマシ×ダマシ

◎百年シリーズ
女王の百年密室／迷宮百年の睡魔／赤目姫の潮解

◎ヴォイド・シェイパシリーズ
ヴォイド・シェイパ／ブラッド・スクーパ／スカル・ブレーカ（二〇二一年五月刊行予定）／フォグ・ハイダ（二〇二一年七月刊行予定）／マインド・クァンチャ（二〇二一年九月刊行予定）

◎Wシリーズ
彼女は一人で歩くのか？／魔法の色を知っているか？／風は青海を渡るのか？／デボ

ラ、眠っているのか？／私たちは生きているのか？／青白く輝く月を見たか？／ペガサスの解は虚栄か？／血か、死か、無か？／天空の矢はどこへ？／人間のように泣いたのか？

◎WWシリーズ

それでもデミアンは一人なのか？／神はいつ問われるのか？／キャサリンはどのように子供を産んだのか？／幽霊を創出したのは誰か？／君たちは絶滅危惧種なのか？（本書）

◎短編集

まどろみ消去／地球儀のスライス／今夜はパラシュート博物館へ／虚空の逆マトリクス／レタス・フライ／僕は秋子に借りがある　森博嗣自選短編集／どちらかが魔女　森博嗣シリーズ短編集

◎シリーズ外の小説

そして二人だけになった／探偵伯爵と僕／奥様はネットワーカ／カクレカラクリ／ゾラ・一撃・さようなら／銀河不動産の超越／喜嶋先生の静かな世界／トーマの心臓／実

験的経験／馬鹿と嘘の弓／歌の終わりは海（二〇二一年十月刊行予定）

◎クリームシリーズ（エッセイ）

つぶやきのクリーム／つぼやきのテリーヌ／つぼねのカトリーヌ／ツンドラモンスーン／つぼみ茸ムース／つぶさにミルフィーユ／月夜のサラサーテ／つんつんブラザーズ／ツベルクリンムーチョ

◎その他

森博嗣のミステリィ工作室／100人の森博嗣／アイソパラメトリック／悪戯王子と猫の物語（ささきすばる氏との共著）／悠悠おもちゃライフ／人間は考えるFになる（土屋賢二氏との共著）／君の夢　僕の思考／議論の余地しかない／的を射る言葉／森博嗣の半熟セミナ　博士、質問があります！／庭園鉄道趣味　鉄道に乗れる庭／庭煙鉄道趣味　庭蒸気が走る毎日／DOG&DOLL／TRUCK&TROLL／森には森の風が吹く／森籠もりの日々／森遊びの日々／森語りの日々／森心地の日々／森メトリィの日々

☆詳しくは、ホームページ「森博嗣の浮遊工作室」を参照
(https://www.ne.jp/asahi/beat/non/mori/)
（２０２０年11月より、ＵＲＬが新しくなりました）

冒頭および作中各章の引用文は『失われた世界』〈アーサー・コナン・ドイル著、中原尚哉訳、創元SF文庫〉によりました。

講談社タイガ

〈著者紹介〉

森 博嗣（もり・ひろし）

工学博士。1996年、『すべてがＦになる』（講談社文庫）で第１回メフィスト賞を受賞しデビュー。怜悧で知的な作風で人気を博する。「Ｓ＆Ｍシリーズ」「Ｖシリーズ」（共に講談社文庫）などのミステリィのほか『スカイ・クロラ』（中公文庫）などのＳＦ作品、エッセィ、新書も多数刊行。

君《きみ》たちは絶滅危惧種《ぜつめつきぐしゅ》なのか？

Are You Endangered Species?

2021年4月15日　第1刷発行　　定価はカバーに表示してあります

著者…………………………森 博嗣《もりひろし》

発行者………………………鈴木章一

発行所………………………株式会社 講談社

〒112-8001 東京都文京区音羽2-12-21

編集03-5395-3510

販売03-5395-5817

業務03-5395-3615

本文データ制作……………講談社デジタル製作

印刷…………………………凸版印刷株式会社

製本…………………………株式会社国宝社

カバー印刷…………………株式会社新藤慶昌堂

装丁フォーマット…………ムシカゴグラフィクス

本文フォーマット…………next door design

ISBN978-4-06-522003-0　N.D.C.913　308p　15cm

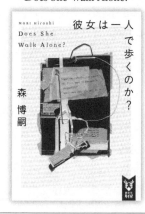

講談社タイガ

Wシリーズ

森 博嗣

魔法の色を知っているか？

What Color is the Magic?

イラスト
引地 渉

チベット、ナクチュ。外界から隔離された特別居住区。ハギリは「人工生体技術に関するシンポジウム」に出席するため、警護のウグイとアネバネと共にチベットを訪れ、その地では今も人間の子供が生まれていることを知る。生殖による人口増加が、限りなくゼロになった今、何故彼らは人を産むことができるのか？

圧倒的な未来ヴィジョンに高揚する、知性が紡ぐ生命の物語。

講談社タイガ

Wシリーズ

森 博嗣

私たちは生きているのか？

Are We Under the Biofeedback?

イラスト
引地 渉

富の谷。「行ったが最後、誰も戻ってこない」と言われ、警察も立ち入らない閉ざされた場所。そこにフランスの博覧会から脱走したウォーカロンたちが潜《ひそ》んでいるという情報を得たハギリは、ウグイ、アネバネと共にアフリカ南端にあるその地を訪問した。

富の谷にある巨大な岩を穿《うが》って造られた地下都市で、ハギリらは新しい生のあり方を体験する。知性が提示する実存の物語。

講談社タイガ

Wシリーズ

森 博嗣

ペガサスの解は虚栄か？

Did Pegasus Answer the Vanity?

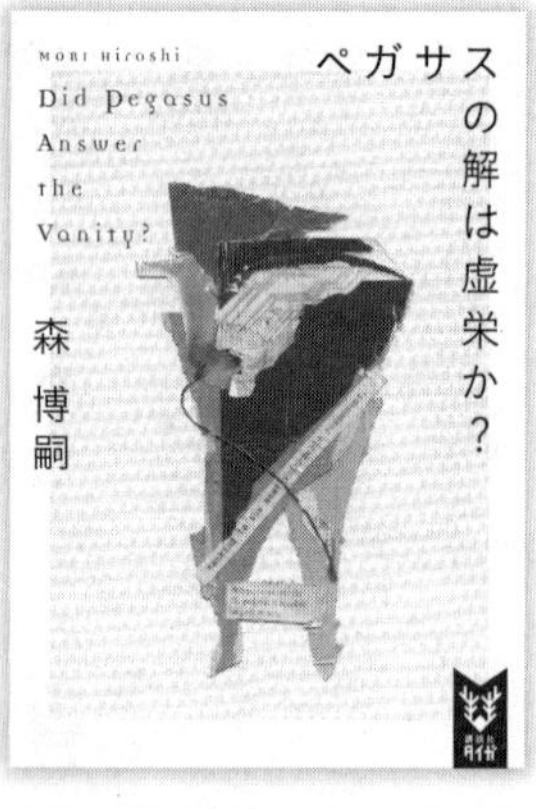

イラスト

引地 渉

クローン。国際法により禁じられている無性生殖による複製人間。

研究者のハギリは、ペガサスというスーパ・コンピュータからパリの博覧会から逃亡したウォーカロンには、クローンを産む擬似受胎機能が搭載されていたのではないかという情報を得た。

彼らを捜してインドへ赴《おもむ》いたハギリは、自分の三人めの子供について不審を抱く資産家と出会う。知性が喝破《かっぱ》する虚構の物語。

講談社タイガ

Wシリーズ

森 博嗣

天空の矢はどこへ？

Where is the Sky Arrow?

イラスト
引地 渉

カイロ発ホノルル行き。エア・アフリカンの旅客機が、乗員乗客200名を乗せたまま消息を絶った。乗客には、日本唯一のウォーカロン・メーカ、イシカワの社長ほか関係者が多数含まれていた。

時を同じくして、九州のアソにあるイシカワの開発施設が、武力集団に占拠された。膠着《こうちゃく》した事態を打開するため、情報局はウグイ、ハギリらを派遣する。知性が追懐する忘却と回帰の物語。

講談社タイガ

Wシリーズ

森 博嗣

人間のように泣いたのか？

Did She Cry Humanly?

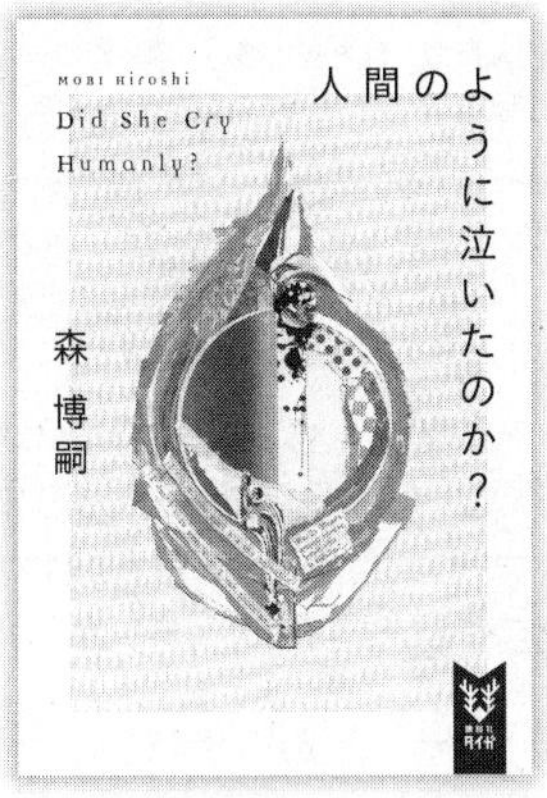

イラスト
引地 渉

生殖に関する新しい医療技術。キョートで行われる国際会議の席上、ウォーカロン・メーカの連合組織WHITEは、人口増加に資する研究成果を発表しようとしていた。実用化されれば、多くの利権がWHITEにもたらされる。実行委員であるハギリは、発表を阻止するために武力介入が行われるという情報を得るのだが。

すべての生命への慈愛に満ちた予言。知性が導く受容の物語。

講談社タイガ

《最新刊》

アンデッドガール・マーダーファルス3　青崎有吾

怪物が絡む事件専門の探偵、輪堂鴉夜率いる〝鳥籠使い〟一行が訪れたドイツ山中の村では人狼の仕業と思われる連続少女殺人事件が発生していた。

ネメシスⅢ　周木 律

探偵事務所ネメシスが手がける次なる依頼は、お嬢様女子高で発生した自殺事件。探偵助手のアンナは女子高生として学園の潜入捜査に挑む。

叙述トリック短編集　似鳥 鶏

タイトルでネタバレ!?　でも、あなたはきっと騙される。本格ミステリを愛する者たちに捧ぐ似鳥鶏からの大胆不敵な挑戦状がここに誕生した！

君たちは絶滅危惧種なのか？　森 博嗣
Are You Endangered Species?

国定自然公園の湖岸で大怪我をした男性が発見された。同公園内の動物園では、スタッフが殺され研究用動物と飼育員が失踪したばかりだった。